남편의 아름다움

========

스물아홉 번의 탱고로 쓴 허구의 에세이

남편의 아름다움

스물아홉 번의 탱고로 쓴
허구의 에세이

Anne Carson
앤 카슨
지음

민승남
옮김

한겨레출판

그녀의 슬픔의

더 많은 나쁜 이유들, 크래프티컨트가 쓴

천 년의 저명한 회고록에

등장하는

존 키츠,

〈질투심: 요정 이야기,

램버스의 차이나 워크에 사는 루시 본 로이드 지음〉,

84~87행

I. **이 책을 키츠에게 바친다** (키츠가 의사였다고 내게 말한 사
람이 당신이었나?) **책이 자유로운 상태로 남으려면 헌정
에 결함이 있어야 하니까 그리고 그는 대체로 아름다
움에 굴복한 사람이니까**

상처는 스스로 빛을 낸다고
외과의사들은 말한다.
집에 불이 다 꺼져 있어도
상처에서 나오는 빛으로
붕대를 감을 수 있다.[1]

친애하는 독자여 나는 그저 하나의 비유를
드는 것이다.

지연遲延.

"사진이나 그림 대신 지연을 이용하라—
유리로 된 지연

산문으로 된 시나 은으로 된 타구睡具 같은."
뒤샹이 한 말이다.

⟨총각들에 의해 발가벗겨진 신부마저⟩

브루클린 박물관에서 코네티컷으로 옮겨지다가 여덟 조각으로

쪼개진(1912).

무엇이 지연되고 있는가?
결혼이라고 나는 생각한다.
내 남편의 표현을 빌리자면 흔들리는 곳.
그 말이 얼마나 빛나는지
보라.

프랑스의 미술가 마르셀 뒤샹은 두 장의 유리판으로 구성한 ⟨총각들에 의해 발가벗겨진 신부마저⟩의 제작 과정에서 적은 메모들을 녹색 상자에 담아 만든 작품 ⟨총각들에 의해 발가벗겨진 신부마저(녹색 상자)⟩를 1934년에 발표했음. 위 인용문은 그 메모에서 발췌한 것으로 전자는 '큰 유리'라는 별칭으로 불림.

그건 히멘의 보석상에서 골랐다고 들었습니다,
당신께서는 분명 그걸 소중히 여기실 것입니다,
과거와 미래의 그 어떤 기쁨보다도.

존 키츠,
《오토 대제: 5막 비극》, 1막 1장 137~139행

II. 하지만 헌정은 증인들 앞에서 이루어져야 하는 법이 다─그것은 본질적으로 전쟁에서의 항복처럼 공개 적인 굴복이다

알다시피 나는 몇 년 전 결혼했고 내 남편은 떠나면서 내 노 트를 가져갔다.

스프링 노트.

쓰다라는 멋지고 교활한 동사. 그는 쓰는 걸 좋아했지만 스 스로 생각을 시작하는 건

싫어했다.

그래서 내가 시작한 걸 여러 목적으로 사용했는데,

이를테면 그의 주머니에서 발견한

(당시 정부였던 여자에게 보내는)

편지에는 내가 호메로스에게서 빌려온 구절이 들어 있었다.

ἐντροπαλιζομένη은 호메로스가 헥토르를 뒤로하고 걸어가는

안드로마케를 묘사한 말이다─"연신 뒤를 돌아보며"[2]

그녀는 트로이의 탑에서

내려가 돌길을 걸어 자신에게 충실한 남편의 집으로 갔고

그곳에서

시녀들과 함께 자신의 집에 넋으로 살아 있는 남자를 위해 애도를 올렸다.

그 무엇에도 충실하지 못했던

내 남편. 그럼 나는 왜 소녀 시절부터 우편으로 이혼 판결을 받은 늦은 중년의 나이까지

그를 사랑했느냐고?

아름다움 때문이었다. 그건 비밀이랄 것도 없다. 나는 아름다움 때문에 그를 사랑했다고 말하는 것이 부끄럽지 않다.

그가 가까이 온다면

다시 그를 사랑하게 될 것이다. 아름다움은 확신을 준다. 알다시피 아름다움은 섹스를 가능하게 한다.

아름다움은 섹스를 섹스이게 한다.

만약 이걸 이해하는 사람이 있다면—쉿, 넘어가자

자연현상으로.

어떤 종들은, 독이 없는데도, 독이 있는 종들과 유사한 색깔과 무늬를

띠는 경우가 많다.

이렇듯 독이 없는 종들이 독이 있는 종들을 흉내 내는 건 **모**

방이라고 불린다.

내 남편은 모방을 한 게 아니었다.

물론 당신은 전쟁 게임에 대해 언급할 것이다. 그들이 밤새 여기서 게임 판들과 양탄자들과 작은 등불들과 담배를 늘어놓고, 나폴레옹의 막사처럼 해놓고 놀았을 때 내가 당신에게 적잖이 불평을 해댔으니까, 그런 데서 어떻게 잘 수 있겠는가? 내 남편은 자기 아내 몸보다 보로디노 전투*에 대해 더 잘 아는, 훨씬 더 잘 아는 그런 사람이었다! 긴장감이 벽을 타고 올라가 천장까지 닿았고, 이따금 그들은 금요일 밤부터 월요일 아침까지 쉬지 않고 게임을 했다. 내 남편과 그의 창백하고 분노에 찬 친구들. 그들은 지독하게 땀을 흘렸다. 그들은 게임에 등장하는 나라들의 고기를 먹었다.

질투는

나와 보로디노 전투의 관계에서 적지 않은 부분을 차지했다.

난 그게 싫어.

그래?

왜 밤새 게임을 하는 거야?

---

* 1812년 9월 7일 나폴레옹이 이끄는 프랑스군과 러시아군이 러시아의 작은 마을 보로디노에서 벌인 격전.

진짜 전쟁을 한 시간이니까.

그건 게임이야.

진짜 게임이지.

인용한 말이야?

이리 와.

싫어.

당신을 만지고 싶어.

싫어.

좋아.

그날 밤 우리는 결혼 생활 6개월 동안 시도해본 적 없었던
'진짜 방식으로' 사랑을 나눴다.

커다란 수수께끼. 다리를 어디 둬야 하는지 아무도 몰랐고
지금까지도 나는 그때 우리가 제대로 했는지 알지 못한다.

그는 행복한 듯했다. 당신은 베네치아 같아 그가 아름답게
말했다.

이튿날 일찍

나는 짧은 이야기(《꽃을 꺾음에 대하여》)를 하나 썼고 남편이 그
걸 훔쳐서

작은 계간지에 냈다.

대체로 우리 부부는 그런 식의 상호작용을 하며 살았다.

아니 그건 이상理想이라고 말해야 하는지도 모른다.

남편이나 나나 베네치아를 본 적이 없었으니까.

왕자, 우리의 연회로 돌아오겠소?

존 키츠,
《오토 대제: 5막 비극》, 1막 2장 152행

III. 그리고 마지막으로, 훌륭한 헌정은 간접적이다(우연
     히 엿듣는 것 등등) 베르디의 〈여자의 마음〉이 유리에
     새겨진 시*였던 것처럼

당시 그의 정부는—그에겐 말 그대로 '정부'였다—프랑스 여
자였다.
남편 친구들이 내게 말해주기를 그녀는 씻지 않는 여자였고
술집에서
남편 앞으로 달아놓고 샴페인을 퍼마셨다고 한다.

나는 남편이 얼굴을 찌푸리고, 욕하고, 한숨짓고, 두 손을 들
고 감탄하는 모습이 상상이 된다.
남편은 내게 파리의 한 서점에 관한 영화를 보여줬는데
그 서점 주인은 조수에게

사다리에 올라가 책을 꺼내라고 시킨 뒤 그녀의 다리를 슬쩍
만지는 걸 좋아했다.
그것뿐이었다—한 손으로 잠시 만지기만 했다. 그녀의 홍조

●
〈여자의 마음〉은 원래 프랑스의 왕 프랑수아 1세가 샹보르 성 유
리창에 다이아몬드로 새긴 4행시에서 시작되었다고 전해짐.

가 극장을 뜨겁게 달구었다.

주인이 올라가라고 하면, 그녀는 올라갔다.

극장에서 거리로 나서며 남편은 사람들이 어떻게 서로를 지
배하는 힘을 갖게 되는지 모르겠다고 말했다. 그는 또한 멍
자국에도 강한 호기심을 보였다.

나는 남편의 요구를 충족시켜주지 못했고,

정부는 충족해줬다고 한다. 내가 씻는 일에 대해 언급한 이
유는 남편이 그걸 연구하면서

전혀 더럽다고 느끼지 않은 걸 납득할 수 없었기 때문이다.

그에게 그건 오르가슴과 무관했고,

그의 삽입은—분석적이었다고 할 수 있다, 새로운 크리스털
을 발견하는 것처럼.

순수는 아름다움의 위장 중 하나일 뿐일까?

그는 최초의 올리브유˙가 그랬듯

빛으로 위협의 구조들을 채울 수 있었다. 나는 **자연**을 갈라
진 틈이 있는 것으로

　　•
　　고대에는 올리브유가 램프 연료로 사용되었음.

20

그리고 그 속으로 깊숙이 뛰어들어 어두워지는 것으로 이해
하기 시작했다.
그래 나는 또 지연하고 있다.

남편이 내게 정부가 있다고 말하며 수줍으면서도 자랑스럽
게 사진 한 장을 내밀던 밤에
나는 불의 옷을 입고 하늘에서 뒹구는
그런 기분을 느꼈다.

난 그 얼굴 못 봐, 나는 사진을 던지며 화난 목소리로 말했
다. 남편은 나를 쳐다봤다.
우리는 길거리가 내려다보이는 높은 창가(레스토랑)에 앉아
있었고,
결혼한 지 1년 남짓한 때였다.

빠르기도 하네 내가 말했다. 당신 빈정거릴 거야? 그가 말했다.
나는 유리를 깨고 뛰어내렸다.
물론 당신도 알다시피

그건 사실이 아니고, 깨진 건 유리가 아니었고, 땅에 떨어진

건 몸이 아니었다.

하지만 그 대화를 떠올릴 때 내가 보는 건―전투기 조종사
가 된 내가

운하로 추락하는 비행기에서 탈출하는 모습이다. 격추당해서.

아 아냐 우린 적이 아냐 그가 말했다. 난 당신을 사랑해! 둘
다 사랑해.

쉭쉭거리며 미끄러지듯 다가오는 초록색 질투가 2분 내로
심장의

한가운데까지 집어삼킬 수 있다고 이를 갈며 말한 이가

로체스터 씨가 아니던가?[3]

사향과 호박 향에 둘러싸인 채

파리의 발코니에 앉아

자신의 정부인 미녀 오페라 가수가 낯선 멋쟁이의 팔을 잡고
도착하는 모습을 지켜보던 그가 머리에 떠올린 상투적인 문
구였다.

인간으로 남는다는 건 한계를 깨는 것이다.

좋아할 수 있으면 좋아하라. 그럴 용기가 있다면 좋아하라.

자, 알베르트, 이 늙은 망령이 증거를 원하는구나!
증거를 대줘라! 낙타의 등짐만큼 많은 증거를!

존 키츠,
《오토 대제: 5막 비극》, 3막 2장 208~209행

IV. 그 그녀 우리 그들 당신 당신 당신 나 그녀 그렇게
    대명사들이 쳇음이라는 이름의 춤을 시작한다 작은
    정적 뒤에는 작은 동요가 따르고 큰 정적 뒤에는 큰
    동요가 따른다는 연금술적 사실에서 그 이름이 유
    래한 춤

남편을 돌려 숨겨진 면을 노출한다. 그가 리우데자네이루에
서 쓴 편지.
왜 리우데자네이루지?는 물을 가치가 없는 질문이다.
우리는 3년간 별거했으면서도 아직 이혼은 하지 않고 있었다.
그는 어디서든 나타났다.

이유를 물으면 거짓말을 하리라고 확신할 수 있었다. 그 외
에는 믿을 수 없었다.
내가 숨겨진 면이라고 말한 건
재미있는 면을 의미한다.
남편의 눈물은 숨겨지는 법이 없다.

4월 23일, 리우에서

난 이 언어학이라는 걸 이해할 수가 없어.

나를 울려.

나를 울리지 마.

나는 울어. 당신도 울어. 우린 우리 자신을 울려.

여행 멍청한 일 돈 쓰는 게 네가 내가 나 자신한테

시키는 일이지.

카리오카.*

리우의 아파트에서 브라질인 몇 명과 사는데 그들은

세탁기 사용법을 두고 입씨름을 벌여.

30분 내로 그 문제는 잊고 사람들은 저녁을 먹으러

나갈 거야

세탁기에 불이 나게 해놓고.

저녁 먹고 돌아와서 자기들 옷이 타버린 걸 발견하면

서로 머리를 때린 다음

사실은 자기들이

사용법도 모르는 건조기를 샀다고 결론짓겠지.

난 그 기계를 보러 갔어. 불타고 있는 건 진짜 세탁

*
리우데자네이루 토박이를 가리키는 말.

기야.

그럼 이제 어떻게 되는 거지? 당신과 나.

우리 사이엔 깊은 슬픔이 있고 그 슬픔은 너무도 습
관적이라 나는
그걸 사랑과 구분할 수 없어.
당신은 깨끗한 삶을 원하고 나는 더러운 삶을 산다
는 흔한 얘기지. 글쎄.

당신에게 별로 쓸모가 없지 당신 없는 나는.
난 여전히 당신을 사랑해.
당신은 나를 울려.

이 편지에는 주목해야 할 점이 세 가지 있다.

첫째
대칭:
나를 울려…… 당신은 나를 울려.
둘째
궤변:

우주론적 모티프인 불과 물이 사랑 이야기 바로 앞에 배치되어
태고의 에로스와 갈등이 사랑 이야기의 토대가 되게 한다.
셋째 보낸 사람 주소가 없다.
나는 답장할 수 없다. 그는 답장을 원치 않는다. 그는 무엇을
원할까.
네 가지다.
하지만 넷째부터 나는 도망친다
정숙하고 교활하게.

가장 신비스러운 반†짐작들 가운데 하나는, 아마도,
하나의 정신이 상상을 통해 다른 정신으로 들어가는
것이리라.

존 키츠,
본인이 《실낙원》 1권 59~94행에 한 메모

V. 나의 선전宣傳이 빛나는 죄의 방울처럼 당신의 이마
   위로 하나 하나 하나 하나 하나씩

나는 많은 아내들처럼 남편을 신의 위치까지 끌어올리고 거
기에 붙들어두었다.
힘이란 어떤 것인가?
친구들이나 가족의 반대는 그걸 더 강하게 할 뿐이다.
나는 어머니와 그의 첫 만남을 기억한다.
내가

학교에서 가져온 책 면지에 적힌 그의 이름을 흘끗 보고
어머니가
나는 스스로를 X라고 부르는 사람은 신뢰하지 않는다고 했
다— 그리고
어머니 목소리에서 무언가가 드러났다,
그 순간

우리가 영원히 해석하는 법을 배우지 못할 바벨탑이 우리 사

이에

끼어들었다—

쇠의 맛.

예언적인. 어머니의 예언들은 어머니가 의도하지 않았어도 모두

실현되었다.

그 사람 이름이에요 나는 말하고 책을 치워버렸다. 그게 첫 날밤이었다

(나는 열다섯 살이었다)

나는 삐걱거리는 침실 창문을 밀어 올리고 그를 만나러 나갔다

협곡에서, 동이 틀 때까지 흠씬 젖은 것들과

"마음속 유일한 그리고 첫째라는"

고백 속에서 헤매고 다녔다. 나는 그 앞에

멍청하게 서서,

그것의 해묵은 금빛과 lieblicher(사랑스러운) 푸른빛이

우리에서 나와 신神의 빈 부엌으로 들어가는 공작새들처럼

스스로를 포기하는 모습을 지켜보았다.

신

혹은 신성한 왕. 나폴레옹. 히로히토. 히로히토가 방송에 나와
한 인간으로서
연설한 날을 소설가 오에 겐자부로가 어떻게 서술했는지
당신도 알 것이다. "어른들은 라디오 주위에 둘러앉아
울었다.

아이들은 먼지 이는 길에 모여 당혹스러워하며 속닥거렸다.
천황이
하나의 목소리로 연설한 것에 놀라고 실망한 것이다.
그들은 말없이 서로를 쳐다보았다. 특정한 여름날
신이

인간이 된 것을 어떻게 믿을 수 있겠는가?"[4] 결혼 후 1년도 안
되어
내 남편은
밤늦게 (여자의) 전화를 받기 시작했다.
내가 전화를 받으면 (그 여자는)
그냥 끊어버렸다. 내 귀는 점점 쉬어갔다.

잘 지내지?

—

아니.

—

어쩌면. 8시. 그때 돼?

—

흰색 아 그래.

—

그래.

그 무엇이 배신의 목소리의 살의 벽만큼 황홀하고 불가사의
하고
무자비하고
기쁠 수 있으랴— 그럼에도 내내 시계 초침 소리보다도 단조
로운 말에
둘러싸여 있다.
강아지는

이런 식으로 듣는 법을 배운다. 은빛 가시.
오에 겐자부로는
전쟁이 끝나면 천황이 친히 그들의 눈물을 닦아줄 거라는 5)

말을 들은 아이들이 많았고
그걸 믿은 아이들도 일부 있었다고
이야기한다.

바쿠스가 자신의 부푼 정맥을 찔렀던
자줏빛 도살장!

존 키츠,
《오토 대제: 5막 비극》, 5막 5장 123∼125행

VI. 발굽을 깨끗하게 하려면, 꺾이지 않은 꽃으로서의
　　신부에 대한 비유까지는 아니더라도 전통적으로 환
　　락과 기쁨의 상징이었던 포도를 찬양하는 춤을 추
　　어라

냄새
평생 잊을 수 없다.
포도밭 뒤.
더 이상 사용하지 않는 헛간 아니면 빙고氷庫였던 듯한 석조
건물.
약간 쌀쌀한 10월. 바닥엔 건초. 우리는 그의 할아버지 농장에

포도주용 포도를 으깨는
일을 도우러 갔다.
그 일을 안 해본 사람은 그 느낌을 상상도 할 수 없다—
젖은 빨간 새틴의 단단한 알뿌리들이 발밑에서 터지는 느낌,
발가락 사이에서 다리 팔 얼굴로 사방으로 튀는—
옷 속으로 다 들어간다 우리가 통 속에서 열심히 포도를 밟

아 으깨고 있을 때

그가 말했다.
나중에 옷 벗어 보면
포도즙이 잔뜩 묻었을 거야.
그는 내게 시선을 보내더니 말했다 우리 확인해보자.
석조 건물 안에서 알몸이 되어 보니 그의 말이 맞았다, 몸에
끈적거리는 얼룩이 잔뜩

나는 건초 위에 누웠고 그가 핥았다.
포도즙을 핥아냈다.
그는 달려 나가서 포도 찌꺼기를 더 퍼오더니
내 무릎 목 배에 바르고 핥았다. 뜯어냈다. 뛰어들었다.
혀는 내게 10월의 냄새다. 나는 그걸
물살 빠른 강에서의 수영으로 기억한다 계속 움직이는데 움
직이기가 힘들었으니까

한편 내 주위의
모든 것들도 움직이고 있었다
갈아엎은 흙과 차가운 식물들과 다가오는 밤과

바깥의 황혼 속에서 희미한 김을 내뿜는 낡은 통과 그의 냄새,

그에게 묻은 생즙.
그에게 붙은 꽃술들
그리고 카프카의 말처럼 결국
수영은 내게 아무 소용이 없었다 당신도 알다시피 나는 수영
을 전혀 못하니까.
공교롭게도 전 세계에서 재배되는 포도의 90퍼센트 이상이

구세계, 즉 유럽 포도인
비티스 비니페라 종이다
한편 미국 토종 포도들은 포도속屬의 야생종에서
유래하여 껍질이 과육에서 아주 매끄럽게 벗겨진다는 사실
외에도
'여우' 냄새가 난다는 특징이 있다.

포도주용 포도로
이상적인 종은 쉽게 으깨어지는 것이다.
이런 것들을 나는 밤늦게 부엌에 앉아 밤을 까먹으며
그의 할아버지에게서 배웠다.

또한 그의 할아버지가 비극이나 염소를 뜻하는 시골말인 트라지코스라고 부르는 손자와

무슨 일이 있어도 절대로 결혼해서는 안 된다는 것도 배웠다.

114 그녀] {응?} 그녀   D

존 키츠,
《오토 대제: 5막 비극》, 수정본 1막 3장 114행

VII. 하지만 부드럽고 신성하며 신들 사이에서 사는 진
      실을 예우하기 위해 우리는 (플라톤과 함께) 저 아래
      비극적이고도 거친 남자들의 무리 가운데에서 사
      는 거짓말의 춤을 추어야만 한다

모든 신화는 풍부해진 형태이자,

두 얼굴을 지닌 것으로,

그 주체로 하여금 겉과 속이 다른 언어를 사용하고 이중적인

삶을 살 수 있게 해준다.

그런 이유로 고대에는 모든 시인이 거짓말쟁이라는 관념이

존재했다.

그리고 시의 진정한 거짓말들로부터

하나의 질문이 흘러나왔다.

무엇이 정말로 말과 사물을 연결하는가?

헛소리, 내 남편은 그렇게 결론짓고

호메로스가 신들의 방식이라고 부르는 방식으로

언어를 사용하기 시작했다.

신은 인간의 모든 말을 알고 있지만 우리가 아는 의미 외에 전혀 다른 의미로도 사용할 수 있다.

그들은 마음대로 의미를 바꾼다.

내 남편은 모든 것에 대해 거짓말을 했다.

돈, 만남, 정부들,

부모님의 출생지,

셔츠를 산 가게, 자기 이름의 철자.

그는 꼭 거짓말을 해야 할 필요가 없을 때도 거짓말을 했다.

그는 거짓말을 하는 게 편리하지 않을 때조차도 거짓말을 했다.

자기가 거짓말하고 있음을 사람들이 안다는 걸 알 때도 거짓말을 했다.

자신의 거짓말이 사람들 마음을 아프게 할 때도 거짓말을 했다.

내 마음. 그 여자 마음. 나는 그 여자가 어떻게 되었을지 궁금할 때가 많다.

첫 번째 여자.

결혼 후 첫 부정에는 순수함과 불처럼 뜨거운 면이 존재한다.

택시들이 오가고.

눈물.

벽을 쳐서 금이 가고.

밤늦게까지 켜진 불.

난 그 여자 없이는 못 살아.

그 여자, 그 말이 폭발한다.

아침까지 켜져 있는 불.

—우리는 그것을 따라 상상한다—

존 키츠,
본인이 《실낙원》 1권 706~730행에 한 메모

VIII.   어머니가 저게 무슨 소리냐고 물었을 때 그건 밤
        에 빨랫줄에 널린 빨래가 모음母音들을 펄럭이는
        소리일 뿐이었다

시인들이 (관대하게 말하자면) 아이러니의 층 아래 진실을 감추
는 걸 선호하는 이유는
그것이 진실의 모습이기 때문이다. 다층적이고 규정하기 힘든.
그는 시인이었나? 그렇기도 하고 아니기도 하다.

그의 편지가 대단히 시적이었다는 데는 동의한다. 그 편지들
은 꽃가루처럼
내 삶 속으로 떨어져 얼룩을 남겼다. 나는 그 편지들을 어머
니에게
숨겼지만 어머니는 늘 알았다.

　　　나의 연인, 자비로운 사람
　　　당신은 편지는 쓰지만
　　　내게 오진 않는군. 이 편지는 어머니가 읽지 않았다.

랍비들은 율법을 가젤의 한정된 교미에 비유하는데
남편 가젤에게는 매번이
처음 같기 때문이다.[6] 어머니는 이 편지도 읽지 않
았다.

이건 그가 그녀를 흥분시켜야 하는 경우다.
이건 그가 그녀를 흥분시킬 필요가 없는 경우다.
어려움은 없다.[그림 참조] 아아 이 편지는 어머니가
읽었다.

우리가 이 시대에 성적 추론의 고뇌를 목격하고 있는 것이
사실이라면
이 남자는 리비도적 장치를 새로운 투명함 속으로
끌어들이는 '그 원시적인 기계들'[7] 중 하나였다.

어머니는 생산과 유혹의 관계처럼 그와 상극이었다.
내가 다른 고등학교로 전학 가는 걸 거부하자 어머니는 아버
지를 쳐다봤다.
그로부터 1년 안에 우리는 다른 도시로 이사했고

물론 거리는 아무 문제도 되지 않았다. 어쨌거나 그는 편지
속에서 최고였으니까.
비밀주의는 이른 습관, '심연의 협박'[8]은 분자의 법칙.
이걸 보자.

억압은 다른 어떤 형태의 담론보다 섹스를 더 잘 말해준다
현대의 전문가들은 그렇게 주장한다. 사람들은 어떻게 서로
에게
지배력을 갖게 되는가?는 대수적代數的 질문이다

당신은 말하곤 했다. "욕망이 두 배면 사랑이고 사랑이 두 배
면 광기야."
광기가 두 배면 결혼이지
내가 덧붙였다
그 독설이 황금률을 만들 의도가 없는
무심한 것이었을 때.

비둘기의 발은
내 손으로 직접 자은 비단실에 묶여 있었네

존 키츠,
〈나에겐 비둘기 한 마리가 있었는데 그 사랑스러운
비둘기가 죽었네〉, 3~4행

IX. 하지만 그건 무슨 말이었을까

하룻밤 사이에

내 삶의 모든 벽들에 **절대로** 설명을 해주지 않는 말이 새겨
졌다.

설명되지 않는 것의 힘은 무엇인가.

어느 날 그가 거기(새로 이사 간 곳) 나의 학교 밖 목초지에

따갑게 쪼아대는 바람 속에서

검은 우산 아래 서 있었다.

나는 그에게

500킬로미터는 되는 먼 길을 어떻게 왔는지 묻지 않았다.

묻는 건

규칙을 깨는 일이 될 테니까.

호메로스가 쓴 〈데메테르 찬가〉를 읽어본 적이 있는가?

하데스가 아수라장 속에서 불사의 말을 타고

햇빛을 벗어나는 장면을 기억하라.

그렇게 그는 처녀를 지하의 차가운 방으로 데려가고•

처녀의 어머니는 세상을 떠돌아다니며 살아 있는 모든 것들

을 파괴한다.

호메로스는 그것을

어머니에 대한 범죄의 이야기로 노래한다.

딸의 죄는 그녀가 영원히 설명할 수 없음을 아는

하데스의 규칙을 받아들인 것

그리하여 그녀는 경쾌하게 들어와

데메테르에게 말한다.

"어머니 모든 진실을 말씀드릴게요.

교활하게도 그는

꿀처럼 달콤한 석류 씨를 제게 주었어요.

그러곤 강제로 그걸 먹게 했어요.

슬픈 일이지만 어머니께 진실을 말씀드려요."9)

어떻게 강제로 먹게 했을까? 나는 한 남자를 안다

그 남자의 규칙들은

고통을 내보이는 것,

이유를 묻는 것, 언제 다시 만날 수 있을지 알고 싶어 하는

•
그리스 신화에서 지하세계의 왕 하데스는 대지의 여신인 데메테르의 딸
페르세포네를 납치하여 아내로 삼았음.

것을 금한다.

내 어머니에게선

공포의 향기가 났다.

그리고 내게선

(나는 식탁에서 어머니 얼굴을 보고 알았다)

달콤한 씨앗 냄새가.

네 방에 있는 장미 그거 그 아이가 보낸 거니?

예.

무슨 날인데?

그런 거 없어요.

색깔은 어떻게 된 거야?

색깔요?

흰 거 열 송이 빨간 거 한 송이 그게 무슨 뜻인데?

흰 게 떨어졌나 보죠.

유혹을 없애는 게 어머니의 목표다.

어머니는 유혹을 실질적인 무엇으로 대체할 것이다. 생산물들.

하데스에 대한

데메테르의 승리는

딸이 지하세계에서 나온 것이 아니라

만개한 세상이다—

양배추 미끼 새끼 양 빗자루 성교 우유 돈!

이것들이 죽음을 죽인다.

나는 아직도 그 빨간 장미 한 송이를 간직하고 있는데 너무

말라서 가루가 될 지경이다.

그건 어머니가 생각한 것처럼 처녀막을 의미하진 않았다.

19 '그대 자신의'를 아마도 키츠가 연필로 '어떤 작은'으로 고침

존 키츠,
《오토 대제: 5막 비극》, 수정본 1막 3장 125~132행

X. 웨스턴유니언* 봉투의 춤, 심장은 식물이나 짐승보다 얼마나 더 열렬히 뛰는지

'악마의 몫'은 우리 소유물 중 유용하게 사용할 수 없어서
제물로 바쳐지는 부분이다.[10]
하지만 만일 악마가 그렇게 어리석지 않다면 어떻게 될까.
만일 제물을 바치고 한참 지나서 악마가
경계를 오가기 시작한다면—
햇빛 아래 주름 한 번에 불과한.
사라짐은 그에게 하나의 게임이었고,
나의 어머니는
놀라지 않았다

그가 결혼식장에 나타나지 않았을 때
그리고 내 마음을 어루만져주었다—
갈퀴로 찌르듯이.
(식료품 저장실에 넣어두었던) 웨딩케이크는 내가 먹어버렸다
조금씩

* 미국의 전신 회사.

전부 다

그 후로 몇 달 동안 늦은 밤에

불을 다 켜놓고 거실에 앉아 우걱우걱 먹었다.

(다음 날 온) 그의 전보 내용은

그래도 제발 울지 마—

그게 다였다.

1달러어치 다섯 단어.

혹은 나비를 위해 생명을 내뿜는 6월?

존 키츠,
〈내가 관을 쓴 것을 본 숙녀들에게〉, 10행

XI. 형체의 살아 있는 관절에 맞추어 잘라라 사랑에 관한 연설을 해부할 때 소크라테스가 파이드로스에게 말했다[11]

자연은 왜 나를 이 인간에게 넘겼는가—그걸 나의 선택이라
고 부르지 마라,
나는 모험에 내몰렸다.
존재 자체의 중력,
존재의 음모에 의해!
우리는 열다섯 살이었다.
라틴어 수업, 늦봄, 늦은 오후, 수동태 완곡어법,
무슨 이유에선지 나는 뒤를 돌아봤고
거기 그가 있었다.
불교도인 백정은 단 한 번의 정확한 칼질로 황소 한 마리를
퍼즐처럼
해체한다고 한다. 그렇다 클리셰다

그리고 나는 죄가 없으므로 사죄하지 않는다, 나는 존재 앞

에서

보호받지 못했고

존재는 **아름다움에 의존한다.**

결국에는.

존재는 아름다움에 이를 때까지 **멈추지 않을 것이고** 그다음
엔 종말로 이어지는 모든 결과들이 뒤따를 것이다.

분석을 덧붙이거나

사실이 아닌 의견을 내는 건 부질없다.

Quid enim futurum fuit si…… 만일 ……였다면 어떻게
되었을까, 등등.

라틴어 선생님의 목소리가

조용한 파동을 타고 오르내렸다. 수동태 완곡어법은

사실에 반하는 조건에서

반과거나 가정법 대과거를 대신할 수 있다.[12]

Adeo parata seditio fuit

ut Othonem rapturi fuerint, ni incerta noctis

timuissent.

그들이 밤의 위험을 두려워하지 않았다면

음모가 잘 진행되어 오토를 붙잡을 수 있었을 것이다.

나는 왜

이 문장을

30년이 아니라 세 시간 전의 일인 것처럼 또렷이 떠올리는

걸까!

여전히 보호받지 못하는 상태로, 지금 이 순간에도.

그들이 밤의 위험을 두려워한 건 얼마나 지당한 일인지.

그리고 달콤한 나태에 젖은 저녁들

존 키츠,
〈나태에 부치는 송가〉, 37행

XII. 여기 우리의 깨끗한 사업이 있다 자 우리 복도를
지나 내가 진짜 돈을 만드는 검은 방으로 가자

당신은 남편의 관점에서는 일이 어떻게 돌아갔는지 알고 싶
을 것이다—

뒤돌아보자,

아내가 자신의 팔꿈치를 잡은 채

남편을 마주하고 서 있다.

눈물 흘리지 마 남편이 말한다, 또 눈물 흘리지 마. 그래도
눈물은 흐른다.

아내는 남편을 바라보고 있다.

미안해 남편이 말한다. 나 밑지.

바라본다.

당신 마음 아프게 할 생각은 없었어.

바라본다.

이건 진부해. 사뮈엘 베케트식이야. 무슨 말이라도 해!

당신 택시가

도착한 것 같아 아내가 말했다.

남편은 거리를 내려다보았다. 아내 말이 맞았다. 비애가 남편을 고통스럽게 했다,

아내의 예민한 청각이 자아내는.

자신만의 특징들과 특정한 마음,

나름의 방식으로 맥동하는 생명력을 지닌 사람인 아내가 거기 서 있었다.

남편은 택시 기사에게 5분만 기다려달라고 신호를 보낸다.

이제 아내의 눈물은 그쳐 있다.

내가 가면 아내는 무얼 할까? 남편은 생각한다. 그녀의 저녁. 그것이 그의 숨을 멎게 했다.

그녀의 낯선 저녁.

그럼 이만 남편이 말했다.

당신 알아? 아내가 말문을 열었다.

뭘.

만일 내가 당신을 죽일 수 있다면 그렇게 할 거야 그리고 당신과 똑같은 사람을 하나 만들어야 하겠지.

왜?

그 사실을 말해주게.

완전함이 잠시 그들 위로 호수 위의 고요처럼 내려앉았다.

고통이 내려앉았다.

아름다움은 내려앉지 않는다.

남편은 아내의 관자놀이를

만지고

돌아서서

계단을

뛰어

내려갔다.

그것은

인간의 작은 가슴의 짧은 열병 발작에서 비롯하네

존 키츠,

〈나태에 부치는 송가〉, 33~34행

XIII. 뒤에서 바라본 여자의 머리를 그린 '흑옥 귀걸이'라는 제목의 드가의 모노프린트*

내막.

그는 그녀를 찾아다녔다. 모든 곳에서 그녀를 찾아다녔다.

그의 상상력의

빈곤을 통하여. 슬픔 속에서. 참호에서. 늦겨울 숲 속 멀리서

사슴이 어른거리는 것처럼.

그는 자신이 그 사슴을 파멸시킬 것임을 알았다.

그는 그녀의 처녀성 속에서 그녀를 찾으려 했다 (겁에 질려 달아난)[13] 그것의 모든 곳에서

작은 베틀의 꼭대기부터 바닥까지 그 백록색과 전율에서.

그는 그녀의 미사 경본 가름끈에서 그녀를 찾으려 했다.

그 새틴 끈의 빛바랜 검은 냄새에서.

시간 엄수에서.

* 한 번밖에 찍을 수 없는 판화.

그는 정부라는 단어에서 그녀를 찾으려 했지만 그녀는 거기
없었다, 그는
처음부터 그 문간으로 피신했어야 했지만 지금은
밤이었다.

그는 밤에게도 그녀를 찾아다니게 시켰다.

가능한 밤, 불가능한 밤, 못들, 끈들, 그녀를
그를 연기하는 그녀 자신과
묶어주는.

그의 손이 얼굴에서 자국을 닦아냈고 그건 그녀의 얼굴이었다.

주저하는,
오 주저하는.

깨끗한 화판 속, 그가 더 찬미할 수 있는,—

존 키츠,
〈질투심: 요정 이야기,
램버스의 차이나 워크에 사는 루시 본 로이드 지음〉,
277행

XIV. 그것의 크기를 추정하기 위해 손으로 쓸어보면 처
　　　음엔 돌이라고 생각하고 그다음엔 손이 잠기는 부
　　　분에서 잉크나 오수를 생각하고 그다음엔 손을
　　　빼지 않는 다른 곳의 그릇을 생각한다

오늘은 못 이겼어. 하지만 내일은 이길지 누가 알겠어.
그는 계단을 내려가며 그렇게 혼잣말하곤 했다.
그리고 이겼다.

잘된 일이었다 담배 연기 자욱한 방에서 그는
(자신의 소유가 아닌) 할아버지의 농장과
(자신의 소유인) 현금 4만 달러를 걸고 있는 자신을 발견했으
니까.

아 그녀에게 당장 말해야지 그는 골목길을 철벅거리며 걸어가
가장 가까운 공중전화로 갔다, 새벽 5시 빗줄기가 목덜미를
때렸다.
여보세요.

그녀의 목소리는 그의 전화에 방해라도 받은 듯했다. 어젯밤
에 어디 있었어.
두려움이 그의 숨을 베어낸다.
오 이런

그는 그녀가 작은 화살통에서 또 다른 화살을 고르는 소리를
들을 수 있고
그녀의 목소리에서 나무처럼 똑바로 뻗어 오르는 분노가
그의 심장을 높이 쳐든다.

난 당신 옆에서 잠이 깰 때만 깨끗한 기분을 느껴 그가 불쑥
말한다.
힘의 유혹은 아래로부터 온다.
한 손가락으로

지옥의 왕이 유리에 그녀의 이름 머리글자를 데인 것처럼 쓴다.
그리하여 산고産苦 속에서 한 남편의
전설이 빛난다, 노래한다.

151 {그}를 그녀]로 고쳐 씀 KRD

존 키츠,

《오토 대제: 5막 비극》, 수정본 1막 1장 151행

XV. 반논리는 아무 음식이나 다 잘 먹는 지옥의 개의 춤이다 하지만 천국의 개에 대해서도 사람들은 그렇게 말하지 않는가

그 여자한테 내 얘기 했어?

응.

근데?

당신을 만나고 싶어 해.

거짓말.

그는 아무 말도 하지 않는다.

당신 여기 왜 오는 거야.

그가 담배 연기를 빨아들인다.

당신의 일부는 (그녀가 그의 담뱃갑으로 손을 뻗어 담배 한 개비를 흔들어 꺼낸다) 여기 없어.

그녀의 이름은 메르세드Merced였지만 사실 (그가 언젠가 그녀에게 말했다)

당신은 전혀 자비롭지merciful 않아.

자작나무처럼 가느다란 목, 목덜미의 오목한 곳.

내가 여기 왜 오느냐고? 질문은 그의 흥미를 끌지 못한다.

불그스레한 안개가 그의 눈앞에서

움직이고 어떤

거칠고 난폭한 냄새 어쩌면 오레가노 냄새가 늘 이 부엌에

감돈다.

그가 (들뜬 상태로) 여기 식탁에 양처럼 조용히

그들 둘, 두 자매, 그들의 이야기, 자매가 나누는 그런 이야기,

사이에서 약간 들뜬 상태로 앉아 있을 때면 항상.

No puede tocarle(만질 수가 없어) 돌로르가 동생 의자 뒤를

지나가며 말한다.

자매들은 그런 방식을 쓴다.

뭐라는 거야? 그가 메르세드에게 묻는다.

당신을 투우사에 비유한 거야.

그는 곁눈질로 감색 실크의 굴곡을 이룬 돌로르의 배를 흘끗

본다.

조용한 돌로르. 허리를 굽힌다.

메르세드가 담뱃불을 붙이려고 몸을 앞으로 기울인다. 메르

세드 이야기 하나 해줘 그가 말한다.

목덜미의 오목한 곳, 목 밑의 오목한 곳, 그 껍질은

어둠 속에서 혹은 만지면 가루로 부서질 듯하다—누가 알
수 있으랴—
그 밤들에 그는 자신이 받게 될 것이
자비인지 슬픔*인지 알지 못하던 때들이 있었다.

---

* 자매의 이름 메르세드와 돌로르는 각각 '자비'와 '슬픔'을 뜻함.

험이 외친다. "맙소사! 그는 떠났다! 그리고 난—
(인정한다)—그의 포도주를 지나치게 마음껏 마셔댔다.
그건 그렇고, 크래프티컨트가 나를 괴롭힐 것이다!"

존 키츠,
〈질투심: 요정 이야기,
램버스의 차이나 워크에 사는 루시 본 로이드 지음〉,
613~615행

XVI. 침묵의 사건의 전말

남편에겐 몹시 사랑하는 친구 레이가 있었다.

레이는 고민이 많은 친구였지만 용감했다.

레이가 집에 왔을 때 아내는 자기 방에서 나오지 않았다.

그 사람은 통제 불능이야 아내가 말했다.

레이는 남편과 포도주 한 병과 함께 부엌에 앉아 있었다.

그의 '수수께끼들'에 대해 이야기했다.

매일 밤 속이는 건 절망의 신호야

다음 날 아침 식사 자리에서 아내가 한마디 했다.

레이가 떠난 직후였다.

남편은 살살 좀 하라고 말하듯

양손을 펼쳐 보였다.

레이는 엉망인 탱고 같은 목소리를 가졌고,

소년들뿐 아니라 여자들도 그 목소리를 듣고 싶어 했다.

그리고 레이는 금세 모두를

알게 되는 사람이었기에

돌로르와 메르세드에 대해서도

금세 알게 되었다.

그는 남편과 자매들 사이에서 무슨 일이 벌어지고 있는지 짐

작했고 그걸 비밀로 간직했다.

남편에게 그가 말했다

두 배로 즐겨.

레이는 관용구를 좋아했다.

어느 날 밤늦게

그는 남편을 만나러 집으로 찾아왔다.

아내는 아래층의 불을 다 켜놓고

다락의 서재에 있었다.

집을 로마의 누가 사탕처럼 환히 밝혀놓았네요!

레이가 계단에서 외친다.

아내가 일을 하다가 고개를 든다, 그녀가

일의 즐거움에 깊이 빠져 있는 걸 그도 볼 수 있다, 그녀의

무언가가

그를 눈멀게 한다.

그이는 나갔어요 아내가 말한다.
두 사람은 함께

그 사실에서 흩날린 방울들이 그들 사이 공기 중에서 응결되
는 걸 지켜본다.
어떤 이들은 그걸 사랑이라고 부르지만
요나단의 영혼이 다윗의 영혼과 엮여 있었듯이*
그 순간 영혼이 엮여 있던 두 사람은
서로를 사랑하지 않았다.
만일 그들이 서로를 사랑했다면 일은 훨씬 더 단순했을 텐데.

* 성경에서 다윗과 요나단은 진정한 우정을 나누는 것으로 묘사됨.

95

대경실색하여.—큐피드 나는 그대를 거역합니다!

존 키츠,
〈질투심: 요정 이야기,
램버스의 차이나 워크에 사는 루시 본 로이드 지음〉,
455행

XVII. 키츠(그는 의사가 아니라 약재상으로서 탱고를 췄다)는 가
끔 이 낮 세계의 저속하고 명백한 것들을 초월하
여[14] 글을 썼고 그 무엇도 결심하지 않음으로써
지성을 강화하는 것도 추천했다[15]

레이는 아내에게 돌로르와 메르세드에 대해 말하지 않았다.
하지만 아내는
남편이 다른 여자와 함께 있는 장면을
포착하기 위해 도시의 모든 인도의 모든 돌, 모든 지나가는
버스의 모든 창문,
모든 상점과 모든 사무실 건물과 모든 공중전화 부스의 모든
유리창을
뚫어지게 보다가 그만 눈에
흉터가 생겨버렸다

그런 장면을 포착하게 된다면,
그 사실에 직면하게 된다면
그녀는 그걸 끝내버리고 싶었다.

레이는 그 흉터를 보았고 슬픔을 느꼈다.

그는 오랫동안 그것이 끝나지 않으리라 생각했고

그 생각은 맞았다.

그는 속으로 그 문제에 매달려 시계추처럼 똑딱이며 움식였고

말을 아꼈다.

그이가 밤마다 어디 있는지 알죠?

물론 알죠.

말해줄래요?

아뇨.

왜요?

당신네 기혼자들은 매사에 너무 빡빡해서 온통 뼈고 접질려요.

무슨 뜻이죠?

이번 여자에게 눈물을 낭비하지 말란 뜻이에요.

이번 여자. 여자가 연속으로 있었나요?

연속은 당신이고 그 여자는 연속의 틈이죠.

그이가 그래요?

늘 그렇게 말하죠.

그리고 당신은 그 말을 믿고요.

그건 질문이었을까? 레이는 아니라고 생각했다. 그는 영화
얘기를 하기 시작했다.

몇 부분을 놓친 그 브라질 영화 다시 보고 싶어요.

고문자들을 다룬 영화요?

그들은 스스로를 장군이라고 부르죠.

별로 끌리지 않네요.

복잡한 영화니까 당신 마음에 들지도 몰라요. 어떤 장면에서
그들이 한 사람을 고문하면서

동시에 영화 얘기를 해요 그들이 좋아하는 영화들과

그 이유 그리고 그들 중 하나가 말해요

나한테 좋은 영화는 적이 일리 있는 말을 하는 거야.

그럼 난 겁에 질리죠.

난 다음에 무슨 일이 일어날지 알 수가 없고

그들은 고문을 계속하죠.

어떻게요?

양동이에 머리를 처박아요.

세상에 레이 난 보고 싶지 않아요.

레이는 식탁에서 일어나 기지개를 켰다. 그의 앙상한 배가

머리 위 부엌 등 불빛에 희끄무레한 자줏빛으로 보였다.

가봐야겠어요.

이번 달은 야간 근무예요?

12시부터 8시까지요 월요일은 쉬고.

새미는 어때요?

레이는 바람에 들춰지는 치맛자락처럼 아름답고 사악한 미
소를 지었다.

다정하고 밝죠 그가 말했다.

새미는 레이의 가장 최근의 수수께끼였다.

레이의 수수께끼들은 때때로

돈을 훔치고 감쪽같이 사라져서 그의 마음을 아프게 했지만
새미는

그렇게 하지 않았다.

새미는 내게 보답을 해줘요 레이가 말했다.

잘됐네요 아내가 말했다.

그녀는 레이를 문까지 배웅하며 심연처럼 깊은 고통을 느꼈다.

자주 오세요

그녀가 말했고 레이는

잘 자요 부인 하고 떠났다.

부인의 그림자가 실험적으로 앞장서서 계단을 올라갔다.

허구는 우리 안에서 흐르는 것을 형성한다.

당연히 그건 의심이다.

갈망하기를 원하지 않는다는 건 무엇을 의미하는가?

그게 효과가 있기를 바란다는 뜻이지 아내는 그렇게 말하고

머리맡 탁자 위의

자명종 시각을 맞춘다.

파울러는《현대 영문법 사전》에서

이탤릭체를 사용하는 건 주목을 간청하는 원시적인 방식이

라고 경고하며,

이런 비참한 강조법의 예를 덧붙였다

"셜록 홈스에게 그녀는 늘 그 여자이다."

하지만 강조는

인지 과정에서 일어나는

주목의

방향 전환을 표현하기에는

너무 일반적인 말이다. 그것을 훼손한다.

아내는 거울로 간다.

그녀는 본다

아내의 눈, 목 그리고 목의 뼈들을.

놀랍지 않다,

그 뼈들이 그 목의 뼈들이 아님을

깨닫고

놀란 적이 한 번이라도 있었는지도 기억나지 않는다.

그녀의 내면

중간 깊이에서 홍조가 스스로를 찢는다.

아바마마는 나를 당신의 사자獅子라 부르시지, ―

나는 이렇게 길들여지는 것에 얼굴을 붉혀야 하나?

그렇다면―

존 키츠,

《오토 대제: 5막 비극》, 4막 2장 42~43행

XVIII. 당신은 그것을 무엇으로 보는가 방으로 혹은 스
        편지로 혹은 실수로 칠판 반을 지워버리는 부주
        의한 소매로 혹은 우리 마음의 병瓶에 찍힌 부르
        고뉴 상표16)로 보는가 기억이라 불리는 춤의 본
        질은 무엇일까

하늘에서
내려온 밧줄이 나를 비존재로부터 끌어올려주기를. 프루스트는
지나간 날들을 슬퍼하곤 했는데,
당신도 그런가?
그것에 윤을 내라.
독수리 높이에 있는 눈이 무려 3월의 어느 날까지 거슬러 올
라가 볼 수 있는 것
나는 문간에 서 있었고
그는 뒤에서 내 목에 입술을 대고 있었다.
목덜미에.
시간 속의 구멍이 이 순간을 나에게 그리고 당신에게 보여준다,
다른 날들의 흐릿한 벽들로 녹아들어가는

시냅스 변화의 가장자리는 너덜너덜하게 해져 있다
신경과 의사들은 그걸 '섬광 기억'* 이라고 부른다.
그것은 보이는 회로와 보이지 않는 회로를 모두 갖고 있다.
이 두 사람을 주목하라
아직 결혼하지 않은 그들은

연쇄반응을 일으키는 두 개의 인접한 분자들처럼
남편과 아내의 운명 속에 단단히 박힌 채 서 있고
남편은 한 시간 전에
자신의 면도칼로 면도한 아내의 목덜미에 대고 속삭인다—
당신한테선 에로틱한 기분을 느끼기가 너무 어려워.
레이가 거기 있었다면 그 게임의 이름을 비난과 수치라고
말했을 것이다, 레이가 압운 맞추기**를
좋아한다고 내가 말했던가?
하지만 레이는 거기 없었다.
남편의 아름다움이라는 나선형 길에서 길을 잃은 사람은 그
들 둘뿐이었다.
그리고 그 순간
그녀는 그의 몰락이 되기 시작했다, 그녀의 기억이 맞는다면,
그때 그는 이미 냉정했으니까.

    •
    놀랍거나 충격적인 순간을 스냅사진을 찍은 듯 생생하게 기억하는 것.
    ••
    비난blame과 수치shame의 압운이 맞는 것을 뜻함.

그래도 그의 몰락인 편이 그조차 아닌 것보다는 낫다고 그녀
는 생각한다.
그날 밤에 눈이 내린다.
그녀는 양쪽 유두에 빨간 원을 그리고
그들은 길고 어두운 방들에서 춤을 추기 위해 나간다
왜냐하면 그 무엇이

눈 내리는 밤보다 더 진실하겠는가, 눈은
나뭇가지와 철책과 은밀한 공기 그 위로,
비탈진 곳으로, 정지된 곳으로, 움푹한 곳으로, 못의 홈으로
떨어져 내린다.
그들은 잠들어 꿈꾼다
방음이 된 복도,
거울 가장자리의
초록빛, 얼굴, 도시에 대해.
눈발이 그 위를 감돌고, 그 모든 것들 위로 떨어져 내린다.

그는 이 순간 차라리 저기 평원에 쓰러져 있는
그의 장군들 사이에서 잠들고 싶을 것입니다

존 키츠,
《오토 대제: 5막 비극》, 1막 2장 91~92행

XIX. 인신보호영장의 보호를 받는 이 세상에서 동등한
       사람들 간의 대화보다 이뤄지기 힘든 건 없다 (키
       츠의 말에 따르면) 우리는 놀라움 호기심 그리고 두
       려움을 모두 잃었으니까[17]

겁쟁이.

나도 알아.

배신자.

그래.

기회주의자.

당신이 왜 그런 생각을 하는지 알겠어.

노예.

계속해.

부정한 호색한.

알았어.

거짓말쟁이.

내가 뭐라고 하겠어.

거짓말쟁이.

하지만.

거짓말쟁이.

하지만 제발.

파괴자 거짓말쟁이 사디스트 사기꾼.

제발.

제발 뭐.

나 좀 살려줘.

또 누구한테 하는 말이야?

아무한테도.

아무한테도라고 그가 말한다.

용기를 가져.

이 바보.

오 내 사랑.

그만.

난 그저 당신에게 어울리는 사람이 되고 싶었을 뿐이야.

당신 미쳤어?

아니 그래 상관없어.

당신은 거짓 삶을 살고 있어.

그래그래 하지만 당신을 위해서야.

나를 위해서라고.

내가 당신 앞에 바치는 나의 전리품 나의 작전 나의 훈장이야.

여자들이?

그래.

거짓말이?

그래.

수치가?

아니 수치는 없어.

내가 느끼는 수치 말이야.

후퇴할 때 말곤 수치는 없어.

아.

그리고 난 절대 후퇴 안 해.

그렇지 않을걸.

내 동맹군이 되어줘.

지금 우리 무슨 얘기 하는 거야?

이 얘기 더 하고 싶지 않으면 그만둘게.

그만두지 마.

전에 다 얘기한 거야.

우리 뭐가 잘못된 거지?

전운戰雲이야.

우리가 왜 전쟁 중인데?

내가 포기하고 싶지 않으니까.

당신 꿈은 엉망이야.

내 꿈은 걸작이야.

그렇다면 신이 우리를 도와야겠군.

신은 전쟁에 그리고 그 어리석음에 끼어들 자리가 없고 우리
가 그냥 꾸준히 어리석은 짓을 하다 보면 세상이 곧 그걸 성
공이라 부르게 될 거야.

아니 그건 해결되지 않을 거야 안 그래 이치에 맞게 되거나
어디쯤에서 겉으로 드러나지도 않을 거야 이 엄청난 무질서
와 고통이 우리의 삶이야.

그래.

이른바 당신의 자유고.

이른바 우리의 사랑이고.

그들의 힘에 대한 우리의 환상 또한
이 팬더모니엄* 이상을 갈 수 없다

존 키츠,
본인이 《실낙원》 1권 706~730행에 한 메모

《실낙원》에 등장하는 사탄의 궁전으로 '대혼란', '아수라장'이라
는 의미.

XX. 그리하여 중문이 다시 닫히고 모든 소음이 사라진다[18]

기억의 내용들 사이에서 길을 찾아갈 때

연상의 원리가 도움이 된다(고 아리스토텔레스는 강조한다)—

"하나의 단계에서 다음 단계로 빠르게 넘어가는 것이다.

이를테면 우유에서 흰색으로,

흰색에서 공기로,

공기에서 축축함으로,

가을을 떠올리려 하고 있다면 이 다음 단계에서 가을이 생각

날 것이다."[19]

혹은

친애하는 독자여,

당신이 가을이 아닌 자유를 떠올리려 한다고 가정하자,

두 사람 사이에 존재한

자유의 원칙은 원칙치고는

사소하고 야만적이지만—여기 해당되는 규칙이 무엇일까?

그의 말마따나,

어리석음은 유행이 될 수도 있다.

그럼 한 단계에서 다음 단계로

빠르게 넘어가는 거다,

이를테면 유두에서 단단함으로,

단단함에서 호텔 방으로,

호텔 방에서

어느 날 그가 택시 안에서 쓴 편지 속 한 구절로

그때 그는

길 건너편에서

걸어가고 있던 아내를 지나쳤고 그녀는 그를 보지 못했다,

그녀는—

이른바 우리의 도덕적 역사라는 것은 그 유동적 상태의 배열이

너무도 기발하여, 물 위에 쓰였다는 사실을 배제하면

거의 수학 명제만큼이나 깔끔하다—

이혼 서류를 제출하러

법원에 가는 길이었다

당신 가랑이 사이의 맛 같은 구절.

그다음엔 몹시도 신성한 기능인 '말과 사물에 대한 기억'을

이용하여

자유를

떠올린다.

그게 나인가? 영혼이 돌진하며 외친다.

작은 영혼, 가련하고 모호한 동물.

아리스토텔레스가 '언제나 배움과 삶에 유용하다'고 말한

이 기억이라는 발명품에 주의하라, 남편이 없었던

아리스토텔레스는,

거의 아름다움에 대해 언급하지 않았으며

아내를 기억에서 떠올리려고 할 때 손목에서 노예로 빠르게

넘어갔을 것이다.

나의 맥박은 점점 약해졌고

존 키츠,
〈나태에 부치는 송가〉, 17행

XXI. 사방에 끔찍한 작은 구멍들이 나서 어찌할 바를
      모르는 불쌍한 파산선고자 꿈을 꾼 적이 있는가
      이런 꿈들은 어떤 의미일까?

빗방울이 어디로 떨어지는지 보여주는 작은 구멍들.

   글쓰기의 주된 기능은 인간을 노예로 만드는 것[20]이
   라고 했던 그 슬픈 인류학자는 틀리지 않았다. 지적
   이고 미학적인 용도는 나중에 생겨났다.

넓어지고 부서지는 작은 구멍들.

   편지들이 도착했다.

이제 구멍들은 빠르게 늘어나고 충돌을 향해 질주한다.

   남편은 편지로 그녀를 자신에게 묶었다.

혹은 천천히 움직이며 단순화한다, 넷 셋 둘.

당연하고 꼭 필요한 음식인 편지들은 음식이 필요한 빈도보다 훨씬 드물게 왔다.

하나.

편지는 그날을 특별하게 만들었다, 만약을 태양으로 만들었다.

지붕 끄트머리에서 구멍의 소멸이 일어난다.

알다시피 네이엄 테이트는 1681년에 《리어 왕》을 새로 썼는데 개작에서는 (해피엔드로 바꾼 것 외에도) **만약**을 247개에서 33개로 줄였다.

처마를 따라 늘어선 구멍들이 빛나는 하늘 한 방울을 얻으려고 애쓰고 있다.

편지에 무슨 내용이 담겼는지 말하는 건 불가능하

다. 겨울에 혀를 쇠붙이에 대본 적이 있는가—편지를 받지 못했을 때의 기분을 말하기가 더 쉽다.

바람이 강해지면서 구멍들이 옆으로 늘어나 구멍을 닮은 것이 된다.

쓴 사람과 읽는 사람 둘 다가 자신들의 이상적인 이미지를 발견하는 편지에서는, 눈을 멀게 하는 짤막한 구절들만 있으면 된다.

기다림이 그녀 안에서 똬리를 튼 채 앞발을 핥고 또 핥는다.

난 이미 다른 생에서 했던 몸짓들을 해(라고 남편은 썼다). **방이 추워. 짐을 풀어야 해. 하지만 아직은 아냐. 밤이 거의 다 왔어.**
당신 없는 또 다른 밤이라고 말하려 했지만 그걸로는 부족하겠지.
또 다른 밤.
난 내가 빚은 사랑의 토대 위에 확고히 서 있어, 그래 우리의 사랑 말이야.

당신은 동의하지 않겠지. 하지만 당신 마음을 들여
다봐. 우주를 조용히
여행하는 세계를 보게 될 거야. 거기 있는 두 개의
점. 우린
떼려야 뗄 수 없는 사이야. 3분의 현실! 그게 내가
요구한 전부야.

그녀는 지붕에 내리는 비를 내다보며 서 있다.

어찌 그대들은 그토록 조용한 가면 속에 소리 죽여
있게 되었는가?

존 키츠,
〈나태에 부치는 송가〉, 12행

XXII. 호모루덴스 [21]

징조는 이를테면 거리에서 지나가는 사람이 승리라고 말하
는 소리를 듣거나
호텔 정원을 에워싼
작은 유황등에 불이 들어오는 순간을
목격하는 것이다. 유황등 불은 저물녘에 들어온다.

그는 무슨 생각으로 그녀를 여기로 데려온 걸까?
아테네. 에레미아 호텔.
그는 아주 잘 알았다. 긴장완화détente와 화해, 우리 다시 시
작하자,
굴과 과일 절임을 생각하며, 가벼운 터치가 필요해,
좁다란 건반들
아주 깊지는 않은.
저물녘의 호텔 정원은 사물을 지배하는 법칙의
안팎이 뒤집히는 곳이다,
모차르트의 피아노에 있는 검은 건반과 흰 건반처럼.

'유희하는 인간'이라는 뜻.

131

매일 밤 돈을 빌리고

비뚜름한 미소를 짓는

모차르트를 떠올리자 그는 기운이 났다.

필요는 실제가 아니다! 결국엔.

남편은 우조˙를 삼키고 그것이 몸속에서 느리고 뜨거운 눈ᠯ

이 되기를 기다린다.

모차르트는

(그의 아내가 점심 식사 때 말했다)

호른 협주곡을

네 가지 색깔의 잉크로 썼다. 한 사람이 연주하는.

딱 그가 계속 나아가는 데 필요한 만큼의 역사를 아는 아내

를 둔 남편.

지금 남편은 활기를 주체할 수가 없다.

무한한 저녁이 앞에 있다.

저녁의 함정이 그 앞에 모습을 나타내고 그는 상상조차 할

수 없는 은빛 가슴 위에서

짙푸른 용골 밧줄을 이리저리 움직이며

그것들을 하나하나 지난다 — 아 여기 그녀가 있다.

정원을 가로지르는 아내 눈에 남편이 일어나는 모습이 보인다.

˙
아니스 열매로 담근 그리스 술.

왜 그렇게 슬퍼?

아니 안 슬퍼.

왜 당신 눈에—

뭐 마시고 있어?

우조.

차 한 잔 갖다줄 수 있어?

물론이지.

그가 나간다.

그녀는 기다린다.

기다리고 있으려니, 생각들이 오고, 간다. 흐른다. 이 흐름.

왜 슬프지? 종말로 향하는 세상의 흐름. 왜 당신 눈
에—[22]

시의 한 구절이다. 이건 어디에서 나왔을까? 그녀는 기다리
면서 자신을 탐색한다.

기다림은 탐색이다.

그리고 기이한 일은, 기다리면서, 탐색하면서, 아내가 문득
자기 남편에 관한 사실 하나를 알게 되는 것이다.

그녀가 탐색하고 있었던 게 아닌 그 사실은

아이가 옷장에서 튀어나오듯

빛 속으로 불쑥 나타난다.

그녀는 남편이 바에서 왜 이렇게 오래 지체하는지 안다.

말년에 반복해서 이 이야기를 할 때마다 그녀는

세상을 괄호 안에 두는 남편의 능력에 경탄했다.

괄호만큼의 신기루! 그에게 필요한 건 그게 다였다.

3년간의 별거 끝에 아내를 아테네로 데려가놓고—숭배를 위해, 평화를 위해,

밤마다 바에서 뉴욕에 전화를 걸어

그가 4번가街에서

늦게까지 일하고 있다고 생각하는 여자와

통화하는 남자.

그리고 위층 객실에서 그날 밤은, 결국 긴 밤이 되어버렸다

그는 호텔 방에서, 다친 여왕 나방처럼 훼손된 명예를 질질 끌고 다녔다

그녀가 후이늠•을 언급하자 그는 "풍자의 대상으로 무시당하는 것"에 반발했고, 그 결과 그들의 대화가

•

《걸리버 여행기》에 등장하는 이성적인 말馬 종족.

몇 번이나 순환의 고리를 따라 뱅글뱅글 돌았기 때문이다—

이게 뭐야, 무슨 미래가 있어

난 생각했어

당신은 말했어

우린 단 한 번도

정확히 언제 날짜 연도 뭐든 대봐 내가 누구였지 내가 누구

야 당신은 누구를

당신 그랬어 안 그랬어

당신 그래 안 그래

이 핑계 저 핑계 기쁨 고통 진실

그게 무슨 진실이야

그 모든 킬로미터들

믿음

편지들

당신 말이 맞아

절대 아 그래 한 번은—

파르메니데스°의 포괄적 '진실'의 사슬처럼 원을 그리며 나

아가다 보면

> •
> 고대 그리스의 철학자. 감각적으로 지각되는 현상을 부정하고 존
> 재의 영원불변성을 주장한 엘레아학파의 일원.

늘 시작점에 이르게 된다, 왜냐하면

"내겐 어디서 출발하는지는 아무 상관이 없다—금세 다시

거기에 도착하니까"23)

파르메니데스의 말이다. 그렇게 아내는

남편에게 절대 아냐 거짓말쟁이라고 퍼부어대면서

마음속 한편에서는 (파르메니데스에 대한) 생각을 하고 있었고

남편은 그래와 아니를 한 손에 같이 들고

아내의 말들을 쳐내다가 갑자기—

그들은 대화를 멈췄다. 침묵이 찾아왔다. 그들은 나란히 서

있었다,

그는 문간에 문을 등지고서

그녀는 침대 옆에 침대를 등지고서,

갈등 해결의 전문가들이 교착 상태가 확실시된다고 말하는

자세로,

그리고 그들은 서로를 바라보았고

더 이상 할 말은 없었다.

그녀에게 키스하며, 당신을 사랑해, 옛날의 기쁨들과 휴가들

이 남편에게로 흘러들었다가 사라졌다.

존재와 부재가 아내의 마음속에서 서로 보이지 않게 꼬였다.

그들은 서 있었다.
소리들이 그들에게 닿는다, 트럭 소리, 코 고는 소리, 불쌍한
관목들이 양철 벽을 두드리는 소리.

그가 코피를 흘리기 시작한다.

코피가 윗입술로, 아랫입술로, 턱으로 흘러내린다.
목으로.
흰 셔츠 위에 나타난다.

자개단추를 영원히 물들인다.
오디보다 검은 빛깔.
그의 심장이 터졌다고 생각하지 마라. 그는 트리스탄이 아니
었다
(물론 그러면 전설 속에서 트리스탄은 잘못이 없고
돛이 그를 죽인 사실을 기꺼이 지적하겠지만)●

●   '트리스탄과 이졸데' 이야기에서 부상을 입은 트리스탄은 연인
    이졸데를 데려와달라고 부탁하며 그녀가 온다면 흰 돛을, 오지
    않으면 검은 돛을 내걸라고 말한다. 그러나 그의 아내가 돛의 색
    을 속이는 바람에 절망하여 죽고 만다.   137

두 사람 모두 손수건이 없어서

그녀의 가운이 그의 피로 얼룩지고 만다,

그의 머리가 그녀의 무릎에 있고 그의 미덕이 그녀 안에서

흐른다

마치 두 사람이 하나의 육신인 것처럼.

남편과 아내는 경계를 지워버릴 수도 있다.

흰 페이지를 만들어내며.

하지만 지금 방 안에 있는 건 피뿐인 듯하다.

사람의 일생이 특정한 순간들로만 이루어질 수 있다면.

그런 순간에서 단순한 증오로

검정 잉크로,

돌아갈 가능성은 없다.

만일 남편이 마지막으로 한 번 자신의 아름다움의 주사위를

던진다면, 누구의 잘못일까?

화려한 제안, 극단적인 절약, 시간들, 침대들, 대명사들, 아

무도.

아무도 잘못이 없다.

질문을 바꾸자.

우리는 유한한 존재이고, 하루 위에서 균형을 유지하고 있으
니, 이따금

아낄 수 있는 건 아끼라는 말은 일리가 있다.

유희의 정신 없이는 문명이 불가능하다고 내게 말한 사람이
당신 아니었나?

어쨌거나 당신 같으면 어떻게 했겠는가—

전화기를 벽에서 떼어냈을까? 베개로 그를 질식시켰을까?

그의 지갑을 털어 도망쳤을까?

하지만 당신은 게임의

중요한 문화적 기능을 간과하고 있다.

신들의 의지를 시험하는 것.

하위징아는 전쟁 자체가 점술의 한 형태임을 우리에게 상기
시킨다.

그리하여 남편과 아내는 살인에 가담하지 않고

펠로폰네소스 여행을 이어가서,

경계심 가득한 여드레를

신전과 버스와 덩굴로 덮인 식당들에서 보냈다.

그 8일은 πετρασάκι (고대어로는 πέτρος)

—즉 '깨지고 으스러진 돌, 도로포장용 돌, 자갈'—의 내적

질감을 지녔지만

그들의 결혼이라는 정당성의 양식 내에서 도움이 되었다.

미래와 신들을 기다리며,

남편과 아내는 휴식을 취했다,

마치 선수들이 게임의 규칙에 기대는 것처럼,

만일 그것이 게임이라면, 만일 그들이 규칙을 안다면,

그리고 그건 게임이었고 그들은 규칙을 알았다.

모호한 추상적 개념 아름다운 것이

　　　반사되고 안개 속에 놓여 더욱 아름다워지다

존 키츠,

본인이 《실낙원》 1권 321행에 한 메모

[**아름다운** 뒤에 희미한 표시가 하나 있는데 한 편집자는 그것을 줄표로,

다른 편집자는 펜이 미끄러진 것으로 해석하고, 또 다른 편집자는 그것

을 인쇄하지 않는다.]

XXIII. 가난한 자에게 빈곤한 기쁨은 얼마나 풍요로운가

무엇이 이 표시들을 그 자신에게서 구할 수 있을까.

만일 우리가 전경과 배경 사이의

경계선에

용제溶劑를 조금만 더 떨어뜨린다면 어떨까?

레이는 생트빅투아르 산*이 아니었지만

신기하게 크리스털 같은 그의 작은 몸은

세계와 망막 사이에

현명한 육질의 관계를 수립했다.

그의 세계 당신의 망막.

그 자신의 말마따나

레이 곁에서 아주 오랫동안 순수한 상태로 남을 수 있는 사람

은 아무도 없다.

레이는 화가다.

그는 (거의 매일 밤) 신시어 식당에서 요리를 하고 낮에는 그림

* 프랑스 남부에 있는 산. 화가 폴 세잔의 연작으로 유명함.

을 그린다.

잠은 언제 자요 레이? 아내가 묻는다.

레이는 대답 대신 반숙 계란 프라이 두 개를 한 손으로 뒤집고

튀어나오는 토스트를 잡고 (덜 구워져서 도로 밀어 넣는다)

왼쪽으로 빙글 돌아

식기세척기에서 깨끗한 접시 하나를 집는다.

파이 위의 시계가 5분 전 5시를 가리킨다.

레이 5시에 끝나요? 집까지 같이 걸어가요.

아니면 혹시 데이트

있어요?

레이는 카운터에 앉은 그녀를 휙 스치고 지나가

그녀의 컵에 신시어 커피를 콸콸 따른다—레이는 온전히 부

인의 것입니다!

데이트도 없고 기다림도 없고 숙고할 운명도 없고! 그가 씩

웃는다.

사람의 특이한 윤곽도 이야깃거리가 될 수 있다.

예를 들어 그의 종아리 근육은 거대했다.

발레 무용수처럼. 그녀는 레이 옆에서 걸으며 생각했다.

아니면 자전거 배달부처럼.

볼베어링을 단 것처럼 구르듯 걸었고 그녀는 그가 반나절은

지치지 않고 그렇게 걸을 수 있다는 걸 경험으로 알았다.

그러고 나서 몇 시간씩 그림을 그리고,

그러고 나서 술집을 배회한다.

레이 당신은 튼튼해요.

그가 고개를 끄덕였다.

무엇 때문에 그렇게 튼튼한가요?

그는 생각에 잠겼다.

욕망이라고 그가 말했다.

빈센트 반 고흐처럼요? 삶에 대한 욕망?

아뇨 그가 말했다. 꿀벌과 비슷하죠.

꽃가루 말이군요 그녀가 말했다.

그가 웃었다.

꽃가루가 자꾸만 레이를 부르는 거군요.

그들은 계속 굴러갔다.

새벽이 밤하늘을 베니션블라인드처럼 밀어 올렸고

푸름이

어딘가로부터 세상으로 곧장 달려들었다.

그러니까 그가 요즘 당신에게 전화를 건다는 말이군요.

그래요.

자기가 이제 철이 들었다고 말한다고요?

대략 그런 얘기죠.

그리고 또 무슨 말을 하죠?

나 없이는 살 수 없다고요.

요전 날 밤에 클럽에서 그를 봤는데 기운이 넘쳐 보였어요.

레이 그는 내가 무슨 말을 하길 원하는 걸까요?

아니 문제는 당신이 그가 무슨 말을 하길 원하는가죠.

나 없이는 살 수 없다고 말하길 원해요.

바로 그거예요.

한편으로는 믿을 수 있어요.

천국의 문을 두드리러 가는군요.

아니면 화학 처리 과정에서 불완전한 상태에 있는 금속처럼
금으로 부활하길 기다리는 끓인 구리물 방울처럼 내 몸이 반
으로 쪼개는 듯한 기분을 느끼거나—

그런 걸 기다리진 마요.

비유일 뿐이에요.

당신 집에 아직 그의 옷이 있나요?

조금요.

내버려요.

그럴 수 없어요.

이런 일의 규칙이 뭔지 알아요?

아뇨.

규칙이 없기 때문에 모르는 거예요. 배가 지나가면, 약간의
물떠와 물보라가 일었다가 사라져요.

닥쳐요 레이.

그가 침을 뱉었다.

들어가서 으깬 감자 먹을래요? 그다음에 난 그림 그려야 해요.

그들은 레이의 집에 도착했다.

으깬 감자는 그가 늘 아침 식사로 먹는 것이었다.

아니 괜찮아요 레이. 뭘 그리고 있어요?

어머니날요 레이가 말했다.

레이는 오랫동안 자기 어머니를 그렸다.

초상화들을

거의 4년 동안 똑같은 캔버스에 그려서,

이제 두꺼운 그림이 되어 있었다.

망설임을 간직하고 싶어서요 레이는 말할 것이다.

그림 좀 볼 수 있어요? 아니 오늘은 안 돼요.

알았어요 또 봐요 레이. 잘 가요 부인.

그리고 그들은 내게 낯설었네, 마치 화병이
그런 것처럼

존 키츠,
〈나태에 바치는 송가〉, 9~10행

XXIV. 그리고 나는 투명한 바다 끄트머리에 무릎을 꿇고 나 자신을 위해 소금과 진흙으로 새 심장을 빚으리

아내는 존재에 속박되어 있다.

이렇게 말하기는 쉽다 왜 포기해버리지 않는가?

하지만 당신 남편과 어떤 까무잡잡한 여자가

이른 오후에 술집에서 즐겨 만난다고 가정해보자.

사랑은 무조건적이다.

삶은 매우 조건적이다.

아내는 길 건너편의 폐쇄형 베란다에 자리 잡는다.

까무잡잡한 여자가 손을 뻗어

무언가를 스며들게 하듯 남편의 관자놀이를 만지는 모습을 지켜본다.

남편이 여자를 향해

살짝 몸을 기울였다가 도로 펴는 모습을 지켜본다. 둘 다 진지하다.

그들의 진지함이 아내를 고문한다.

둘이 함께 진지해질 수 있다면, 관계가 깊어지는 것이다.

두 사람 사이의 탁자에는 광천수 한 병과

유리잔 두 개가 놓여 있다.

알코올이 필요하지 않은 것이다!

그는 언제부터 이 청교도적인 새로운 취향을

갖게 된 걸까?

차가운 배 한 척이

아내의 마음속 어딘가의 항구에서 나와

평평한 잿빛 수평선을 향해 미끄러지고,

새 한 마리 숨결 하나 보이지 않는다.

나는 자백하고,—내 목을 베어야만 하는가,—오늘?
아니면 내일? 여봐라! 포도주 좀 가져오너라!

존 키츠,
《오토 대제: 5막 비극》, 3막 1장 31~32행

XXV. 사랑과 죽음의 슬프고 가혹한 탱고 밤과 남자들의 춤 욕망의 빈곤의 어두운 부엌의 춤

우리 더 날카로운 눈으로 남편의 아름다움에 더 가깝게 돌아
야 할 것인가—

조심스럽게, 왜냐하면 그는 불타고 있었으니까.

그의 밑에서 바닥이 불타고 있었고,

세상이 불타고 있었고,

진실이 불타고 있었다.

그를 둘러싼 모든 나무에서 초록 불이 곧장 날아왔다.

그는 거의 슬픔을 몰랐다, 한 신이 그를 이끌었기에.

그는 자신의 운명을 의심하지도 않았다, 나폴레옹이 이렇게
말하곤 했던 삶과 비슷해 보였던.

나는 세상과 세상 사이에 나 자신을 쓴다.

그가 무엇을 쓰는지는 누구와 함께 있느냐에 달려 있었다.

레이를 만나자마자

그는 그림을 쓰기 시작했다.

레이의 방에서 그들은 나란히 작업을 했고, 남편이 말했다.

레이는 세계의 여러 지역을 배우는 것을 좋아했다,

그건 그가 거의 여행을 안 했기 때문이고 책에 대해 배우는 것도 좋아했는데,

그건 그가 책을 읽지 않기 때문이었다.

알프스는 어때?

비행기에서 내려다보면 도자기처럼 약해 보여. 엷은 침묵이 산맥 사이를 떠돌지.

가까이에서 보면?

가까이에서는 치즈처럼 보여. 파르메산 치즈.

비싸?

파르메산?

이탈리아.

그렇기도 하고 아니기도 해.

이탈리아 애인이랑 사는 거야?

그 여자 결혼했어.

누구랑?

리키라는 남자.

둘이 행복해?

그 사람 자물쇠를 열어야만 했다고 그녀가 말하더군.

섹스 말하는 거야?

아마도.

거기엔 탱고가 좋아.

자물쇠 여는 데?

소화에도 좋고.

그런 걸 어떻게 아는 거야?

플로르 기억나?

아니.

카를 전에 만났던.

카를?

대니 전에 만났던 카를 말이야.

아.

플로르가 탱고 무용수였지.

나한텐 아주 먼 옛날 얘기 같아.

가엾고 순수한 플로르.

아주 오래된 것 같아.

플로르가 무방비했지.

레이 자네한텐 먼 옛날 얘기 같지 않아?

아니 그리 오래된 것 같진 않은데 그땐 자네가 결혼한 상태였으니까 완전히 달랐지.

떨리는데.

뭐가?

옛날 생각 하는 거. 그때 삶이 어떨 거라고 생각했는지 정확하게 기억나.

누구나 꿈이 있지.

아니 꿈이 아니라 정확한 그림이었어.

뭐가 잘못됐는데?

중재자들.

뭐라고?

이혼만 해도 그래, 이혼은 그녀의 발상이 아니었어. 중재자들이 그렇게 만든 거지.

자네가 거짓말하고 다른 여자들이랑 자고 다니는 걸 그녀도 알았어.

레이 제발 난 그녀에게 거짓말한 적 없어. 필요할 때는 거짓말하는 말들을 사용했는진 몰라도.

나한텐 너무 철학적인 말이군.

철학자들은 인간은 대화 속에서 스스로를 형성한다고 말하지.

그건 알겠어.

그녀도 그랬지.

그 부분이 틀렸다는 거야.

왜 그런 말을 하지?

난 그녀가 무너지는 걸 봤어.

그녀는 나보다 훨씬 강했어.

그녀는 무너졌어.

난 모든 걸 그녀를 위해 했어.

왜 소리 지르는 거야?

이번 주말에 그녀를 만날 거야.

미쳤군.

먼저 편지를 쓸 거야.

그녀는 3년 전에 자네와 이혼했어 왜 그녀를 내버려두지 않는 거야?

난 믿음이 있어.

무엇에 대한?

우리에 대한.

우리는 없어.

깊고 순수한 믿음.

도대체 왜?

레이 내가 다른 세기에 살길 바라는 거 알지?

자넨 육체가 모든 것의 시작이라고 말하곤 했지.

이젠 그렇게 믿지 않아.

자넨 여전히 이 여자 저 여자와 자잖아.

그렇지.

자넨 날 슬프게 해.

여기 사람들이 사는 방식은—

그래.

기적이 없는 땅.

지금 자네가 바라는 게 뭐야?

3001년에 위대한 용사로 다시 태어나는 것.

6월의 어느 날 저녁에.

뭐라고 했어?

탱고 노래 가사야.

6월의 어느 날 저녁에, 그래.

그들은 작업을 이어갔다, 그는 이젤 앞에서

그리고 그는 바닥의 전등 옆에서

그동안 높고 검은 둑의 형태를 한 황혼이 들어와 보초처럼

그들 가까이에 둘러섰다.

남편은 에피폴라이 전투 계획을 세우고 있었는데

아크릴물감과 작은 깃발들을 이용해 그 전투 계획을 자기 집

벽에

그대로 옮기고 싶어 했다.

왜 에피폴라이인가? 아테네의 피비린내 나는 패배는

기원전 413년의 야간 유격으로 시작되었다.[24]

용기와 어리석음 사이의 경계를 흐릿하게 만들며

아테네군은 야음을 틈타

언덕 위 시라쿠사 요새를 공격했다.

처음엔 그 기발함이

작전을 성공으로 이끌었으나,

시라쿠사군이 눈치를 채고

반격하자 무질서가 도처에 만연했다.

달빛에 의존해야 했기에,

윤곽만 겨우 보일 뿐 누가 누군지 분간할 수가 없었다.

겨우 계단통 크기 정도밖에 안 되는 공간에서

장갑 보병들은 요동쳤다

먼저 도착해서 절벽을 내려가던 아테네군이

새로 도착해 올라오는 아군들을 만나

그들을 적군으로 착각한 것이다―게다가,

계속해서 암호를 외쳐대는 바람에

적군에게 암호가 노출되었고 어둠 속에서

엉뚱한 방향에서 암호가 날아오자 아테네군은 공황 상태에

빠졌다.

친구가 친구를 덮쳤다.

마치 아름답고 뜨거운 춤 같았다

파트너가 빙글 돌면서

상대를 찔러 죽이는,

붉은 시칠리아의 달과 흰 그리스 입술이 뒤섞인 도가니.

그는 작업하면서 콧노래를 흥얼거린다.

직사각형은 시라쿠사의 별채,

점선은 아테네군의 용감한 공격,

삼각형은 대치가 예상되는 지점,

다양한 크기의 검은 점은 궤멸의 경로를 따라 예상되는 사상

자들의 수.

그는 마음속으로

편지를 쓰고 있다

전운과 인내의 필요와 그들이 결국 도달하게 될

영예에 대해

그녀에게 (또다시) 설명하는 편지.

우리에겐 새 암호가 필요해 그는 미소 지으며 속삭인다,

어느 맑은 날 저녁에 탱크를 타고, 길의 흙먼지를 뒤집어쓰고,

지치고 목 쉰 채 도착하는 자신의 모습을 상상하면서.

6월의 저녁에.

"험, 네가 무척이나 시적이 되어가는구나!"

존 키츠,
〈질투심: 요정 이야기,
램버스의 차이나 워크에 사는 루시 본 로이드 지음〉,
559행

XXVI. 뻔뻔한 폭로의 마음으로 혹은 키츠식으로 말하면 나뭇잎에 목을 꿰매며 시간을 보내는 방법[25]

당신은 나를, 내 삶을, 내가 무엇에 의지해 사는지를 본다—
그게 내가 원하는 전부일까?
아니. 난 당신이 시간을 보게 하고 싶다.
그림자들이 어떻게 벽을 넘어서 가는지를—

순수한 움직임을 분, 시간, 년으로 나누어, 우리는
근원적인 '자아'의 의사擬似 문제를 제기한다
이것들이 자아의 연속적 상태여야 한다고 여기며. 오토 대제
든 아니든.

나는 보조 주방 창문으로 어떤 나뭇가지를 바라보다가
차츰 거의 날마다
2행 애가로
그것에 관해 기록하기 시작했다,
예를 들면

그 초록 빛에 거품을 만들어 잠시 식힌다
　　　혹은 각각의 잎 아래를 식히는 듯하다

(이건 봄에 쓴 것이고,

10월 초에 쓴 것도 있다)

칙칙하고 희끄무레하며 치명적이다
　　　목공을 전쟁의 교착 상태에 비유한 호메
로스가 문에 그린 분필 선처럼

(어느 흐린 아침에)

그 그림자가 추상적인 비 속에서
　　　은밀한 속도로 벽을 때리는 것처럼 보인다

(뇌우가 쏟아지기 직전에)

밤바람이 그걸 하늘 곳곳으로 가져간다 사중주단처럼
　　　혹은 번갯불 사이에서 살아남은 디도*처럼

　　•

　　그리스 신화에 나오는 카르타고의 여왕. 트로이의 왕자 아이네이아스와
사랑에 빠졌으나 그가 배신하고 떠나자 슬픔에 빠져 자살하였음.

(11월 초)

벌거벗다시피 한 채. 뼛조각처럼 매달려 있다
       모든 영혼의 바람風 속에서 꼭 다섯 개만이
그 영혼들이 무감각한 줄기로 스며드는 걸
       본다, 영혼들이 살아서 어둠으로부터 노 저
어 나오는 걸 본다

(11월 말)

끔찍한 헹굼, 노란 잎들, 불의 형태를 한 요람
       때 이른 더러운 폭설 사이로 비극적 복장을
한 인간들처럼

(봄을 기다리며)

깨물기보다 더 밝게
       그것은 너무 단단한 3월의 빛을 때린다

(혹은 기다리지 않으며)

이 벽에 기대어, 형제들이 애정을 갖고 서로의

머리를 잡아 뜯듯, 그것은 싸웠다

그 기록을 다 늘어놓아 당신을 지루하게 만들진 않겠다.

중요한 건, 지금까지 쓴 애가가 총 5820편이라는 것이다.

그 애가들은 쉰세 권의 스프링 노트를 채우고 있다.

보조 주방에 있는 선반 네 개 위에 쌓여 있다.

다 읽으려면 아마 하룻밤과 하룻낮과 또 하룻밤이 걸릴 것이다.

열성적으로 읽는다면.

도매상들이 우울한 마음으로 부富를 생각하며
셔터를 내릴 시간이었다

존 키츠,
〈질투심: 요정 이야기,
램버스의 차이나 워크에 사는 루시 본 로이드 지음〉,
208~209행

XXVII. 남편 : 나는

슬픈 남자이고 그늘에 가려져 있다. 나는 지금 자기발견이라
는 고통스러운 과정에 더 깊이 침잠하고 싶다. 아무도 나를
도울 수 없다. 오직 나만이 할 수 있다. 마실 수 있는 목숨으
로 들어가서. 할아버지와 함께 헛간 뒤에 있는 낡고 얼룩진
개수대에서 토끼 가죽을 벗긴 이후로 나의 지각知覺을 그토
록 강렬하게 느낀 적이 없었다. 새틴 같은 빨간 내장. 흰 도
기로 콸콸 쏟아지는 맑은 피. 한번은 야만적인 심장 바로 밑
에서 태어나지 않은 새끼를 발견한 적도 있었다. 아 어둠 속
의 사과들이구나 노노가 말했다. 그는 그것들을 도려냈다.
나는 질투가 났다. 그의 목소리에 애정이 넘쳤기 때문이다.

내가 마지막으로 할아버지를 만나러 갔을 때(할아버지가 세상
을 떠나기 몇 달 전에) 할아버지는 나를 헛간에서 재웠다. 나나
가 떠나고 나니 집 안에 다른 사람이 있는 게 이상하다고 할
아버지가 말했다. 그녀 아니면 아무것도. 처음엔 섭섭했다.
하지만 차츰 할아버지 마음을 이해하게 되었다. 흰 것이 공

중에서 미끄러져 지나갔다. 나는 헛간에서 할아버지 집 창문을 바라보았다. 할아버지는

한밤중에 일어나서, 팔굽혀펴기를 했다. 소나무를 내다보았다. 내가 할아버지 집에서 잤다면 그 기척에 잠이 깼을 것이다. 언젠가 대가를 치러야 하겠지 나는 생각했다. 우리는 우리가 안전하다고 생각한다. 하지만 피신처는 없다. 나뭇잎이 드문드문 떨어진다. 왜 안 주무시느냐고 묻자 할아버지는 침대가 너무 커서 그렇다고 대답했다. 아니 우린 안전하지 않다. 필요가 승리한다. 삶과 사랑에 대해 할아버지와 이야기를 나누었더라면 좋았을 텐데. 고요한 밤들. 고양이가 삐걱거리며 지나가는 소리조차 없다.

넌 결혼 상대를 잘못 선택했어 할아버지가 성적인 조언으로 내게 해준 말은 그게 전부였다. **어떤** 상대요? 하고 나는 묻지 않았다. 언어의 저항과

싸우려면 계속 말해야만 한다고 정신과 의사는 내게 말한다. 하지만 노노의 부엌에서 빨강과 흰색 체크무늬 유포를 깔아놓은 식탁 위에 고리 모양의 노끈으로 매달린 채 세상의 다

른 모든 것이 가만있는데도 늘 (먼 곳의 깎아지른 듯한 산비탈의 나뭇잎들처럼) 가볍게 진동하는 것처럼 보이는 40와트짜리 전구의 은밀한 시선 아래서 겨울밤의 흔들리는 침묵과 싸우기 위해선, 말을 해선 안 된다.

나는 도합 두 번 결혼했다. 할아버지는 뻔하다고 생각했다. 둘 중 어느 쪽인지.

"나는 내가 세상의 강한 쪽에 속한다는 사실을 깨닫고 공포에 질렸단다." 할아버지가 어느 날 밤 전쟁에 관한 이야기를 하다가 나온 말이었을 것이다. 기억나진 않는데 적어둔 것이 있다.

알몸. 내가 왜 그런 말을 했을까? 나는 늘 무언가를 원한다. 평생. 뭘 원하는 거지? 어디를 가든 내가 원했던 건 이미 도려내지고 없었다. 그녀의 알몸. 그녀의 불확실한 가장자리. 나는 한 번도 포만감을 느꼈던 적이 없다.

그녀는 나와 싸웠다. 그녀가 졌다.

나는 또다시 결혼했다. 내 입으로 이 말을 하다니. 신경은 안 다. 나는 이 일이 일어나는 걸 막으려고 애썼다. 바깥 우주를 다루는 방식—그건 여러 해 전이었다. 나는 지금의 아내에게서 얻은 장성한 아들 둘이 있고, 그들은 모두 일찍 일어나, 커다란 유리병에 아주 진한 커피를 끓여 담아놓고 몇 시간 동안 앉아서 신문을 읽는다. 같은 이야기의 너무도 많은 변형들, 이 면에서 저 면으로 바뀌어 실릴 뿐. 삶은 극심한 변화들을 품고 있지만, 그 변화는 전혀 신문에 등장하지 않고 변화의 모방만 보인다. Anima![26)

나는 변화가 신성한 것이라고 생각했다. 그래서 변화를 낟알처럼 쏟아냈다. 내가 어떻게 알았겠는가? 그녀가 질 것이라는 사실을 내가 어떻게 알았겠는가?

그러니까 이것이 바로 강한 쪽이다.

세 번째로 그들이 들렀다.—아아! 어째서?

존 키츠.
〈나태에 부치는 송가〉, 41행

XXVIII. 어떤 이는 그걸 사랑이라고 부른다 키츠가 (마 지막으로) **어색한 인사** [27])에 대해 언급하게 만 든 신문 스크랩에 나오는 말이다

어느 날 우편으로 레이의 부고가 도착했다 (나는 그와 연락이 끊긴 상태였다)
거기엔 낯익은 글씨체의
메모가 동봉되어 있었다.

> 힘겨운 마지막이었어. 레이는 당신을 기억했어. 나 도 그렇고.
> 당신이 옛날에 레이에게 보낸 편지 중 하나(내 뇌의 구멍에 관한)를 장례식에서 읽었어.
> 당신이 12월에 베네치아에 있을 거라면 나도 그럴 거야.

분명 당신은 이를 무해한 글로 여길 것이다.
그런데 왜 이것이 나의 폐를 분노로 녹게 만들었을까?

•
'찰스 브라운에게 보낸 1820년 11월 30일의 편지'에 "I always made an awkward bow"라는 구절이 있으며 이것이 키츠의 마지막 편지였음.

물리학자들은

우주의 시작에 불가사의한 점이 있다는 데 의견을 같이한다,
우주가 **완전한 동조를 보인** 것에 설명이 필요하다고 말한다.
돌아보면, 모든 게 너무도 질서 정연하다.

얼마나 많은 그의 편지가 **나를 구해줘**나 **포기하지** 마로 끝나
는가.
예를 들면 첫아들의 탄생과
자신이 그 아들의 엄마와 결혼하게 된 사실을 알리면서 그는
이렇게 썼다.

　　　이건 비극이야.

　　　나를 졸졸 따라다니는 사람들이 있어. 당신 말처럼.
　　　당신이 너무도 그리워 언제나 당신을 사랑해
　　　전부 다 미안해. 모든 일이

　　　너무 순식간에 벌어졌어.

그리고 **추방된 남편**이라고 서명한다.
이 편지를 받는 행위조차 죄를 범하는 것이었다
내가 도저히 피할 수 없었던
미세한 석고 가루처럼 온몸의 땀구멍으로 파고들던
그의 찬란함에 의해.

      나의 인생철학은 모든 것의 실체는—
      멀리서 보이는 모습이라는 거야. 숲 가장자리의 탱
      크들.
      숲 가장자리의 탱크들.

군사적인 얘기는 우연이 아니었다.
그는 시의 운을 맞추는 법을 알았다
거기에 미덕의 시험도 가미해서.

      이제 우리를 파괴할 수 있는 건 당신의 비겁함뿐이야.

아부를 새겨 넣은 시험.

      내가 두려워하는 사람은 당신뿐이야.

성적 매력으로 복잡한.

　　지금 당신이 충동적으로 내게 와서 나를 달래준다면
　　행복할 거야.

그리고 그 모든 것들의 심장부에는,
어떤 사람들을 전쟁 중독자로 만드는 유혹이—
뜨거운 베이컨 냄새를 풍기는 완전한 모순이 들어 있었다.

　　당신에게 내 운명을 넘겨주겠어. 하지만 동정하지는
　　마. 돌아오지도 마.
　　이건 우리가 서로를 놀라게 할 단 한 번의 기회야.

알다시피
나는 과거를 바로잡는 작업을 하고 있다—
레이가 (그의 그림 제목처럼) **붉은 별들 아래서의 나와 내 욕망**
이라고 표현한—

밤새 나를 찾아왔던 과거 신성한 아프로디테의 난초 같은,
검붉은,

혹은 어둠 속에서 세차게 흐르는 차가운 물의 소리를 내는
사과나무 가지들 같은.

{눈빛 그 자츠*때문에 아니라}

{어쩌면 불타는 눈빛 그 자제 때문이 아니라}

{눈빛 그 자처에 대해서도 아니라}

존 키츠,

〈질투심: 요정 이야기,

램버스의 차이나 워크에 사는 루시 본 로이드 지음〉,

68~69행 위의 메모

*

이하 자제, 자처 모두 자체itself의 의도된 오자임.

XXIX. (음식 얼룩에 수치 등등까지 있는) 내가 불결하듯 나의
결론들도 그러하다 문간에서 당신 냄새를 맡고
주저하는

아내는 자신이 하지 못한 말의 목록을 만들어 그것들을 자신
에게서 몰아내려 한다.

그동안 어떻게 지냈어?

세상에 당신을 여기서 만나다니.

난 포기했었어 희망을 잃어갔지 왜 이렇게 오래 걸린 거야?

피도 눈물도 없는 괴물! 만일 내가

당신의 상냥함을 보거나 알지

못했더라면

난 무엇이

되었을까?

하지만 말ᴸ은

기이하고 유순한 밀眞麥이다 안 그런가, 말은
땅을 향해 고개를 숙인다.

사실은,

아무도 묻지 않았다. 레이라면 물었을 것이다.

그러니 레이를 위해 그만 끝내자.

그건 내가 페르세포네처럼 죽음에 뺨을 대고 식힐 필요가 있

어서가 아니었다.

키츠처럼 시간을 사기 위해서도 아니었다.

탱고처럼 순전한 방탕함에서도 아니었다.

하지만 오 얼마나 달콤해 보이던지.

아름다움은 진리라고 말하고 멈추는 것.

그걸 먹기보다는.

그걸 먹고 싶어 하기보다는. 이것이 내가 처음에 품었던 순

수한 생각이었다.

나는 한 가지를 간과했다.

아름다움을 접하게 되면 그것이 우선하게 될

것임을—내 심장 속에서,

이미 먹혀버린.

목적의식과 신전들과 신이 있는 바깥이 아니라.

안에서. 그곳에서 그는 이미 나였다.

나의 상태였다.

마치 쿠투조프*가 보로디노의 전장을 가로질러 돌격하는 자

신이—

나폴레옹 황제가 아닌 미다스라는 고대의 왕을,

러시아군 절반을 비통한 황금 청년들로 만들어버릴

무기를 가진

미다스 왕을 향하고 있음을 발견한 것처럼.

말, 밀, 상태, 황금, 30년이 넘는 세월이 내 안에서 쉭쉭거린

다—그곳에서

나는 그걸 가라앉힌다.

당신은 미소 짓는다. 나는

당신이 중세의 그 채색 원고를

다시 언급할 거라고 생각한다

필경사가 베껴 쓰다 실수를 하는 바람에

채식사彩飾師가 그 실수 주위에

장미와 불꽃의 화관을 그리고

    •

    나폴레옹을 격퇴한 제정러시아의 장군.

건방진 꼬마 악마가 그 화관을 책장 귀퉁이로 끌어내려 하는.

결국 심장은 이리저리 굴릴 수 있는

작은 돌멩이가 아니다.

마음은 단단히 닫아버릴 수 있는

상자가 아니다.

하지만 한편으론 그렇기도 하다!

그러하다!

삶에는 몇 가지 위험들이 있다. 사랑은 그중 하나다. 끔찍한

위험들.

레이라면 이렇게 말했을 것이다

운명은 나의 미끼이고 미끼는 나의 운명이라고.

6월의 어느 날 저녁에.

이것이 내가 하고 싶은 충고다,

붙잡아라.

아름다움을 붙잡아라.

오 군대가 망쳐놓은 섬

[1817년 4월 15일 밤 뉴포트의 숙소에서

존 키츠가 발견한 유리창의 낙서]

남편: 마지막 기동연습 직사각형 세 개를 오려내어 사령관 둘이 말 두 마리를 타고 달리도록 재배치한다

여기 있으니 마음이 아프다.
"도망친 건 당신이야."
이야기를 하지 않음으로써 하나의 이야기를 하기 위해—
친애하는 그림자여, 나는 이걸 천천히 썼다.
그녀의 시작들!
나의 끝들.
하지만 그 모든 것이
푸른 6월의 달과
어느 더럽혀진 밤으로 돌아간다 시인들 말대로.
어떤 탱고는 여자들에 관한 것인 척하지만 이걸 보라.
여자의 눈물방울마다
조그맣게 비친
형체는 누구인가.

당신이 그게 당신이라고 생각하도록 이제 이 페이지를 접는 나를 지켜보라.

"상상력이 결핍된 이 시대, 인신보호영장을 받은 우리는 모든 경이, 호기심, 두려움을 잃고……"

존 키츠, '〈리처드 3세〉 비평'에서

1) 리처드 셸저, 《트로이에서: 한 의사의 성장기》

2) 호메로스, 《일리아드》 6권

3) 샬럿 브론테, 《제인 에어》

4) 오에 겐자부로, 《우리들의 광기를 참고 견딜 길을 가르쳐달라》 중 '전후 세대의 초상'

5) 요한 제바스티안 바흐, 칸타타 BWV56 요한계시록 7장 15~17절

6) 《바빌로니아 탈무드》 에루빈 54b

7) 장 보드리야르, 《푸코 잊기》

8) 스토바이우스, 《명문선집》

9) T.W. 앨런, E. E. 사이크스 편역, 《호메로스 찬가》 중 〈데메테르 찬가〉

10) 조르주 바타유, 《저주의 몫》

11) 플라톤, 《파이드로스》

12) W. G. 헤일, C. D. 벅 편찬, 《라틴어 문법》

13) 존 키츠, 〈성 아그네스 축일 전야〉

14) 존 키츠, 〈시인〉

15) 존 키츠, 《키츠 서한집》 중 '조지와 톰 키츠에게 보낸 1817년 12월 30일의 편지'

16) 존 키츠, 《커츠 서한집》 중 '벤저민 베일리에게 보낸 1819년 3월 13일의 편지'

17) 존 키츠, 1818년 12월 21일 자 〈챔피언〉에 실린 '〈리처드 3세〉 비평'

18) 존 키츠, 〈성 아그네스 축일 전야〉

19) 아리스토텔레스, 《기억과 상기에 대하여》

20) 클로드 레비 스트로스, 《슬픈 열대》

21) 요한 하위징아, 《호모루덴스》

22) 《파울 첼란, 넬리 작스 서한집》 중 '넬리 작스가 파울 첼란에게 보낸 1958년 3월 10일의 편지'

23) 파르메니데스, fr.5

24) 투키디데스, 《펠레폰네소스 전쟁사》

25) 사뮈엘 베케트, 《승부의 끝》

26) '영혼'을 뜻하는 이 라틴어는 위조 주화의 중심부를 가리키는 기술적인 화폐 용어로 사용됨. 레슬리 커크, 《주화, 몸, 게임, 금》

27) 존 키츠, 《키츠 서한집》 중 '찰스 브라운에게 보낸 1820년 11월 30일의 편지'

앤 카슨, 고전을 다루는 포스트모던 작가

캐나다 출신의 시인이자 산문 작가인 앤 카슨은 고전 속 소재를 포스트모던한 감성과 스타일로 녹여내는 심오하고 기발한 작품들로 세계 문단의 주목을 받고 있다. 그러니까 그녀의 작품 활동을 한마디로 표현하자면, 고전과 포스트모더니즘의 만남인 셈이다. 문학의 역사라는 장구한 흐름에서 시발점을 이루는 고전과 가장 현대적인 경향인 포스트모더니즘, 이 둘은 물리적인 거리로도 너무 멀고 성격적으로도 상반되어 물과 기름처럼 섞이지 않을 듯하지만 앤 카슨의 문학에서는 경이로운 융합을 이루고 있다. 그건 그녀의 삶 자체가 이 둘의 운명적인 결합이기 때문이다.

어릴 적 앤 카슨은 은행에 근무하는 아버지의 잦은 전근으로 빈번히 이사를 다녀야했고 그러다 보니 친구들을 사귀기가 어려웠다. 물론 그런 외로움은 그녀에게 견디기 힘든 시련이었지만, 그 덕에 고등학교 시절 처음 그리스 고전을 접하게 되었을 때 그 세계에 더 강하게 매료될 수 있었다. 앤 카슨은 고대 그리스어를 처음 접한 순간 그것이 최고의 언어임을 직관적으로 깨달았으며, 이후 대학에서 그리스어를 전공하여 박사 학위를 수여받았다. 그렇게 그녀는 30년 넘게 고전을 연구하고 가르치는 고전학자로 살아오면서 고전의 세계에서 그야말로 완전한 기쁨을 누릴 수 있었다. 이런 배경을 가진 저자가 고전에서 문학적 영감과 소재를 얻는 것은 지당한 일이다. 하지만 앤 카슨은 고전학자인 동시에 뛰어난 시인이며 그것도 매우 실험적인 글을 쓰는 작가이다. 삶에서 가장 두려운 것이 지루함이고 지루함을 피하는 것이 인생의 과업이라고 말하는 그녀의 창작은 늘 파격적이고 독창적이다. 그런 의미에서 《빨강의 자서전Autobiography of Red》(1998)에 등장하는 빨강 날개를 가진 어린 소년 게리온은 앤 카슨의 작가적 초상이라 할 수 있다.

　어린 게리온은 아직 글을 모른다. 하지만 조숙한 소년은 어느 날 '내적인 것'과 '외적인 것'의 차이를 깨닫게 되고, 오직 내적인 것만이 가치가 있다는 신념으로 그것들을 모두 기록하기로 결심한다. 즉, 자서전을 쓰기로 한 것이다. 글을 모르는데 어떻게 자서전을 쓸 수 있을까? 그것은 관습의 틀에 갇힌 수동적인 우려이다. 게리온은 자신의 가장 중요한 상징인 '빨강'을 토마토로 형상화하고, 어머니 지갑에서 꺼낸 10달러짜리 지폐를 잘게 찢어 머리카락 삼아 토마토에 붙인다. 그렇게 탄생한 조형물의 형태를 한 '자서전'은 글이라는 도구를 사용한 다른 그 어떤 자서전보다 생생하고 강렬하다. 그리고 게리온의 이런 순수하고 거침없는 자서전 작법은 장르를 자유로이 넘나들며 열정과 카리스마를 뿜어내는 작가 앤 카슨의 창작 스타일과 일맥상통한다.

앤 카슨의 시는 단순히 시의 영역에만 머물러 있지 않는다. 시의 형태를 한 소설이 되기도 하고(《빨강의 자서전》), 탱고 형식의 허구적 에세이가 되기도 하며(《남편의 아름다움》), 번역의 형식이 되기도 한다(《녹스Nox》, 2010). 그녀는 작품의 내용뿐 아니라 책의 디자인에도 도전 정신을 발휘하여 저자의 손글씨를 담거나(《안티고닉Antigonick》, 2012), 아코디언처럼 펼쳐지는 상자 모양 책을 만든다(《녹스》). 또한 머스 커닝햄 무용단, 행위예술가 로리 앤더슨, 록 가수 루 리드, 시각예술가 킴아노 등 다른 예술 분야 거장들과의 공동 작업을 통해 작품의

지평을 넓혀가는 노력을 쉬지 않는다. 그리하여 그녀의 시들
은 종이 위에 얌전히 머물러만 있지 않고 무대에서 춤, 음악
과 어우러지고 미술 작품으로 재탄생한다. 고전이 그녀의 거
짐없는 상상력을 통해 가장 현대적인 모습으로 되살아나는
것이며, 그것은 고전학자이며 실험 정신으로 충만한 작가 앤
카슨만이 이룰 수 있는 독보적인 성과이다.

《남편의 아름다움》 — 키츠와 탱고

"아름다움은 진리이며, 진리는 아름다움이다. 이는 그대가
지상에서 아는 모든 것이고, 알아야 할 모든 것이다." 시인
존 키츠가 〈그리스 항아리에 부치는 송가〉에 담은 이 구절은
그의 삶의 모토이기도 했다. 영국 낭만주의를 대표하는 예술
지상주의 시인 존 키츠는 스물다섯 살이라는 젊은 나이에 세
상을 떠날 때까지 오로지 미의 탐구와 창조에만 헌신했던 것
이다. 앤 카슨은 키츠에게 《남편의 아름다움》을 헌정하고 이
작품의 29개 장_章 서두를 키츠의 희곡, 편지, 비평, 메모 등
에서 인용한 구절들로 장식한다. 그것은 아름다움을 찬양하
는 글을 쓰겠다는 의지의 표현이라고 할 수 있다. 물론, 제목

이 말해주듯 그 아름다움은 남편의 아름다움이다.

이 작품의 화자는 열다섯 살에 한 남자를 만나는데, 그 남자는 아름다움이라는 치명적인 매력을 지니고 있다. 그녀는 그 아름다움 때문에 남자를 사랑하게 되었다고 고백하며 "아름다움은 섹스를 가능하게 하는 것, 섹스를 섹스이게 하는 것"이라고 말한다. 하지만 "내 어머니는 생산과 유혹의 관계처럼 그와 상극이었다"는 구절이 암시하듯 남자는 거짓말과 배신을 일삼는 나쁜 남편이 되고 둘의 결혼생활은 불행으로 점철되다가 마침내 파국을 맞는다. 이혼 후 아내의 회고 형식으로 이루어진 이 작품에는 불안, 질투, 분노, 슬픔의 감정들이 팽배하다. 하지만 후회는 보이지 않는다. 아름다운 남편을 소유한 대가는 너무도 혹독하고 잔인했지만, 그녀는 마지막까지도 아름다움을 붙잡으라고 충고한다. 그녀에게 아름다움은 '진리'이고 지상에서 그녀가 아는 모든 것, 알아야 할 모든 것이니까.

이렇듯 아름다움에 대한 맹목에 가까운 갈망을 노래한《남편의 아름다움》은 '스물아홉 번의 탱고로 쓴 허구의 에세이'라는 부제에서도 짐작할 수 있듯이 '탱고'를 구조적 장치로 이용하고 있다. 이 작품의 템포는 긴 스텝과 짧고 복잡한 스텝이 교차하는 탱고의 강렬한 리듬을 닮았고, 극단적인 서술

방식은 탱고의 과장된 포즈를 연상시킨다. 탱고는 격정과 관능, 애수의 춤이다. 아름답지만 나쁜 남편을 사랑하는 아내에게 탱고보다 더 잘 어울리는 춤은 없다. 그리하여 그녀의 비극적인 결혼 이야기는 열정의 춤 탱고를 통해 아름다운 시로 승화되고, 이 작품은 앤 카슨에게 여성 최초의 T. S. 엘리엇 상 수상자라는 빛나는 영예를 안겨준다.

민승남

옮긴이 민승남

서울대학교 영어영문학과를 졸업하고 현재 전문 번역가로 활동 중이다. 옮긴 책으로 앤 카슨의 《빨강의 자서전》, 앤드류 솔로몬의 《한낮의 우울》, 메리 올리버의 《완벽한 날들》, 애니 프루의 《시핑 뉴스》, 리사 제노바의 《스틸 앨리스》, 스티븐 갤러웨이의 《상승》, 알리 스미스의 《우연한 방문객》, 조이스 캐럴 오츠의 《멀베이니 가족》, 앤 엔라이트의 《개더링》, 퍼트리샤 하이스미스의 《당신은 우리와 어울리지 않아》, 유진 오닐의 《밤으로의 긴 여로》, 에인 랜드의 《애틀라스》, 니코스 카잔차키스의 《알렉산드로스 대왕》 등 다수가 있다.

남편의 아름다움

초판 1쇄 발행 2016년 1월 7일
초판 4쇄 발행 2024년 11월 25일

지은이 앤 카슨
옮긴이 민승남
펴낸이 이상훈
문학팀 최해경 박선우
마케팅 김한성 조재성 박신영 김효진 김애린 오민정

펴낸곳 (주)한겨레엔 www.hanibook.co.kr
등록 2006년 1월 4일 제313-2006-00003호
주소 서울시 마포구 창전로 70 (신수동) 화수목빌딩 5층
전화 02-6383-1602~3 **팩스** 02-6383-1610
메일 munhak@hanien.co.kr

ISBN 979-11-7213-179-1 03840